依存したがる彼女は
She wants to be dependent, she comes into my room.
僕の部屋に入り浸る

西園寺 春香
Haruka Saionji
「満足するまで帰る気はないよ、ボクは」
「さあ、君も座って、乾杯しようじゃないか」
ALCOHOL ALCOHOL ALCOHOL

「新たな飲兵衛の門出を祝して」

北条 夏希
「おいっすー。いやぁ、昨日夕方から打ったんだけど、
座ってすぐ当たり始めてさぁ！
オスイチってやつ？」
「それじゃあ、あたしはそろそろ
戦場に向かおうかしら」

「こういうのは流れってもんがあるからね〜。
勝ってるうちはどんどん勝負しないと！」

東雲 冬実
Fuyumi Shinonome
「やあ、お風呂ありがとう。……おお、ベランダが広いね」
「できるだけ露出面積を増やして、涼しい場所で身体を冷やしてるってわけ」

「ベランダは広くて寝転がりながら
ゆっくりたばこが吸えるし、
実家じゃこんなこと出来ないからね」
ARETTES CIGARETTES CIGARETTES CIGARET

目次

Contents

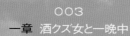

本文・口絵イラスト／絵葉ましろ
本文・口絵デザイン／杉山絵

She wants to be dependent, she comes into my room.

依存したがる彼女は僕の部屋に入り浸る

萬屋久兵衛

角川スニーカー文庫

23755

本文・口絵イラスト／絵葉ましろ
本文・口絵デザイン／杉山絵

一章　酒クズ女と一晩中

所属する文芸サークルの新垣《あらがき》先輩に誘われて、飲み会に飛び入り参加した。

共に田舎から上京してきた幼なじみの恋人をイケメン早慶ボーイに寝取られた佐川《さがわ》君をなぐさめる会、という趣旨である。

……僕や佐川君が大学に入って三ヶ月程度しか経っていないはずなのだが、恐ろしい早さだ。都会というのはかくも恐ろしい。

「けど、仕方ないじゃん！　彼女のとなりで土下座までされたらごねられないじゃん！」

そう嘆きながらグラスの中の酒を浴びるように飲む佐川君。そんな彼に集まった面々が慰めの言葉をかけ、彼の隣に座った女の子が空いたグラスにすぐさま酒を注ぎ入れる。

僕は愛想笑いを顔に貼り付けながら、彼らの言葉に同調するように適当にうなずきつつリビングの隅っこの方でちびちびとグラスに入ったビールに口をつけていた。

ビールが苦手なお子ちゃま舌なので、こっそりコーラで割ってディーゼルにして飲んでいるのだが、ビールの苦みを完全には打ち消してくれないのでなかなか中身が片付かない。

大学に入ってからというもの（実はその前にも少し）、お酒を口にする機会は何度かあった。基本的に好きとも嫌いとも思わないが、ビールの味だけはだめだ。苦みが口に残るのも不快であるし、のどごしを楽しめと言われても、さっぱり理解できない。

次からはビールはできる限り飲まないと心に誓いつつ、そんな心情を表に出さないようにしながら佐川君が周囲にだる絡みし始めたのを眺めていると、新垣先輩がやってきて僕のとなりに座った。

「よう、やってるか？」

ええまあ、ぼちぼち。

「そうかそうか。今日はありがとな、急な話なのに来てもらって」

それに関しては問題ない。どうせ家に帰っても、図書館で借りた本を読むという予定とも言えないような予定しかなかったのだ。

むしろ、サークルに入ったくせに部員との交流もほとんどしていない半幽霊部員の僕にわざわざ声をかけていただいて申し訳ないと思う。

というか、会の趣旨を考えると佐川君とたいして仲が良いわけではない僕がこの場にいても役には立たないんじゃないだろうか。

「ああ、そういうのは気にしないでいいさ。お前に来てもらったのは佐川のためじゃなくて俺がお前と飲んでみたかっただけだから」

そう言ってにやりと笑う新垣先輩が差し出したグラスに、僕は空気を読んで自分のグラスを打ち付けた。

乾杯とは杯を乾すという。ある意味ちょうどいいきっかけだ。僕は覚悟を決めて残りのディーゼルを一息に飲み干《ほ》した。

「おいおい、無理して飲むなよ。先輩に強要されて急性アルコール中毒なんて不祥事は起こしたくないぞ、俺は」

心配ご無用だ。ビールの味が好かないだけでお酒に弱いわけではないのだ、僕は。しかし、新垣先輩に心配をかけるわけにはいかないので、先輩が差し出してきた水はありがたく頂戴することにする。

新垣先輩はサークル内でも人格者で名が通っているお人である。実際僕のようなはみ出し者にも声をかけて、あまつさえ交流を持とうとしてくれるのだからそれも名ばかりではないのだろう。

しかも実家が開業医だとかで、今日の会場にもなっている先輩の住むマンションの一室は、一人暮らしには大袈裟《おおげさ》すぎるほどの広さだし、本日の酒やつまみもすべて先輩のポケットマネーから出ているらしい。

そういうことができるめぐまれた環境を鼻にかけることもなく、またおおらかな人柄と見た目の恰幅《かっぷく》の良さからサークル内外で大御所と呼ばれ慕われている。本日の突発的な飲み会に十を超える人数を集められたのも、新垣先輩の人徳のなせる業《わざ》だろう。

「どうだ？　大学には慣れたか？」

どうだろうか。

文字通り会話のとっかかりの、ありきたりな問いにしばし黙考する。

地方の片田舎から一人首都圏に出てきておよそ三ヶ月。最近になってようやく一人暮らしに慣れてきたところだ。

学業については、講義はまじめに出席しているが、興味深く面白い講義もあれば、教授の言葉が眠りを誘い、受けているだけで苦行となるような講義もある。課題が多い講義もあるがそれも無難にこなしていると言っていい。

ようするに、普通ということだろう。

「ははは、普通か。講義は真面目に出ているようで感心感心」

僕の言葉を聞いて新垣先輩は愉快そうに笑う。

「けど、大学生活ってのは学業だけじゃないだろ？　四年しかないモラトリアムだからな。先輩としては後輩に楽しく過ごしてもらいたいのよ。だからこうしてお前を酒の席に誘ったわけだ。飲みニケーションなんて時代じゃないとか言われそうだが、酒を飲む飲まないは自由だし、その場にいてこうやって話をするのが大切だと俺は思うね。ま、飲めた方が馴染《なじ》みやすいのは確かだけどな。そういう意味じゃ、お前がいける口でよかったよ」

先輩の言葉に、僕は自分が誘われた理由に今更ながら気がついた。どうやら僕の交友関係が希薄なことを新垣先輩は気にかけてくれているらしい。

ともすれば余計なお節介ともとれる先輩の好意だが、僕自身にそんな反発心はなく、わざわざ僕のことまで気をつかってもらって申し訳ない気持ちでいっぱいになる。

昔からそうなのだが、僕は友達を作るのが大の苦手で、無二の友と呼べる相手はひとりもいない。ぼっちになるほど孤立していたわけではないが、誰にとっても友人の中のひとりといった程度で、学校やクラスが分かれてしまえばそれで縁の切れてしまうような、そんな関係しか築くことができなかった。

結果、クラスという集合単位のない大学に入ってしまえば大多数の一にもなれなかった。

これではいけないとこの文芸サークルに入部してはみたものの、特に話ができる相手ができるでもなく現在に至っている。

言わば、現状は自業自得でしかない。

「しっかし、今日はみんなペース早いな。やっぱり綺麗《きれい》どころがいるからかね」

曖昧に笑ってごまかす僕の様子を見て、さっと話題を切り替える新垣先輩。こういうところは僕にはとても真似《まね》できないなと思いつつテーブルの方を見ると、空いた缶や酒瓶の数が先ほどまでよりも明らかに増えている。

こういった飲み会はサークルの新入生歓迎会以来だったが、その時と比べてもいささか以上に酒量が多い気がする。

先輩の言う綺麗どころとは、佐川君の隣でお酌をしている彼女のことだろう。

腰のあたりまで伸びた艶やかな黒髪に、垂れ目で柔和な可愛らしい顔立ち。フリル付きのフレアスカートが良く似合っている。清楚《せいそ》ながらノースリーブのシャツから覗く白く細い腕がまぶしい、そういった感性に乏しい僕でも美人だと思う女の子だった。

これで眼鏡でもかけていれば、どこに出しても文句なしの文学美少女だっただろう。

名前は……。ええと、西行寺《さいぎょうじ》さんだったか。

「西園寺《さいおんじ》が来てくれて助かったよ。佐川のやつが荒れるのが目に見えてるだけに他の女子には頼み辛いからな」

おしい。口に出す前に答えを聞けてよかった。

しかし、他の女子はダメで西園寺さんだけは良いというのはどういうことだろう。

「西園寺は新歓で粉をかけてきた男どもをまとめて酔い潰したほどの酒豪だからな。今日みたいな飲み会にはうってつけだ」

なるほど。サークルの女性陣にも西園寺さん自身にも聞かせられないが、ぶっちゃけ見た目の良さだけで選ばれたのだと思っていた。

一見、箸より重いものは持ちません、と言い出してもおかしくなさそうに見えるおしとやかな雰囲気で微笑《ほほえ》んでいる彼女だが、確かに他人の空いたグラスには容赦なく酒を注ぎ、返杯を涼しい顔で消化している。

人は見かけによらないなと感心しつつ、その辺に置いてあった酒瓶の中身を新垣先輩と分け合い、無双する西園寺さんを肴《さかな》に乾杯する。何かのスポーツでも観戦している気分だ。

テーブルを囲む男性陣はもう佐川君をなぐさめるようなそぶりも見せず、積極的に西園寺さんに話しかけつつ杯を乾している。というか、佐川君もその中に交じって熱心に彼女に話しかけていた。

……まあ、彼が失恋を乗り越えて次の恋を見つけたのなら本日の席は成功しているということだろう。

高みの見物を決め込んでいる僕と新垣先輩、他数名が見守る中彼らは奮闘していたが、ひとり、またひとりと沈んでいき、もしくは先を争うようにトイレに駆け込んでいく。

明らかに無理をしようとしている人は新垣先輩がめざとく見つけてストップをかける。こうやって他人をよく見てフォローできるところが皆に慕われる秘訣《ひけつ》なのだろう。

西園寺さんがこの屍《しかばね》の山の頂点に立つ姿を拝みたくはあったが、途中、主賓の佐川君がテーブルに突っ伏していびきを掻《か》き始めたのを見て、僕は新垣先輩に暇《いとま》を告げた。

「お、もう帰るのか？　まあ、佐川も潰れちまったしお開きみたいなもんか。今日は来てくれてありがとな。片付け？　いいよ気にすんな。どうせこの後も生き残ったやつで飲み直すから」

引き留めの言葉もなく、ひらひらと手を振る新垣先輩に心から礼を言って席を立つ。大して飲んでいるわけではないのでふらつくこともなく部屋を出ることができた。

時刻は深夜というにはまだ早い時間帯。日中は半袖でも過ごせるぐらいの陽気であったのに、この時間になるとマンションの廊下に吹き込む風はまだまだ冷たかった。しかし、酒精でほてった身体にはそれが心地よい。

エレベーターを待ちながら（エレベーターがあるというだけでこのマンションの家賃は推して知るべしである）考えてしまうのは、先ほどまで参加していた飲み会のことだ。楽しかったな、とか、誘ってもらえてうれしかったな、とか、そういったことを考えているのではない。

頭をよぎるのは、何かへまをしなかったかとか、周囲を不快にさせる言動をしなかったかとか、そういう心配事ばかりだ。色々と気にしすぎだとは自分でも思う。

しかし、これは昔からの性分だ。今さらどうしようもない。だが、それだけの理由で飲み会を辞したわけではない。

結局のところ、これ以上遅くまで居残って新垣先輩やサークルの人たちと飲んで語らうことが面倒くさくなったのだ。

愛想笑いを浮かべながらありきたりな話題で相手のことを探って、共通点を見出《みいだ》し仲を深める。そんな作業に時間を使うことの苦痛に耐えられなくて、佐川君が潰れたのを言い訳にして逃げてきたのである。

……ああ、今僕は、過去の自分と同じ道を辿《たど》っている。

大学生活も、今までと同じく寂しく過ごすことになりそうだと内心自嘲しつつ、エレベーターに乗り込む。

――と、そこで。

一階のボタンを押して扉が閉まり切る直前。

ぱたぱたと小走りで廊下をかける音を聞いた僕は、咄嗟《とっさ》にボタンを押してエレベーターの扉を開いてから顔をしかめた。こんなタイミングでエレベーターに乗り込むような人物は、マンションの住人ではなく飲み会の参加者である可能性が高いだろう。

足音はひとつ。足音の人物が飲み会参加者だった場合、一対一でその人とエレベーターを降りて、場合によっては駅まで一緒にいなければならないのだ。

少人数で話すことも拒否して逃げてきた僕であるのに、サシでの会話なんぞ苦行すぎる展開である。

気がつかなかったフリをしてエレベーターを閉めてしまえばよかったとか、どうやって帰りの道中をやり過ごそうかとか考えているうちに、その人物がエレベーターに飛び込んできた。

「ありがとう。実に良いタイミングだったよ」

そう言って、足音の主——西園寺さんはにこりと笑う。

予想外の人物に僕は一瞬言葉を失った。いやまあ、彼女がそのまま泊まり込むとは思わなかったけれど、今この時、毒にも薬にもならなそうな男ひとりと同じタイミングで飲み会から出てくるとは予想しなかった。

しかし、良いタイミングとはどういうことだろうか。

「ああ、新垣先輩から頼まれた仕事《バイト》は終わったからね。さっさと帰ろうと思っていたんだけれど、ボクが中座したせいで解散の流れになったら申し訳ないだろう？　うまいこと言い訳できるタイミングを見計らってたんだ。そしたら君がしれっと帰ろうとしたから、君に送ってもらうって言って追いかけてきたってわけさ」

いやあ助かったと、西園寺さんは笑みを浮かべている。

僕はそんな西園寺さんの態度に戸惑ってしまう。先ほどの飲み会ではもっと見た目通りお淑《しと》やかそうに微笑んでいたような気がするのだけれど、今の彼女の笑みはその時とは違うもっと砕けたものに見える。

その容貌から箱入りの大和撫子みたいな性格を想像していたのだが、しゃべり口調はハキハキとしていてお淑やかさは微塵《みじん》も見当たらない。

それに、あれだけの酒を飲んでいたのにふらつくことなく平然としているのもある意味恐ろしかった。

というかボク、という一人称を使う同年代の女子を初めて見た。まあ、対人関係の希薄な僕が知る中だけのことなので、実際にはそれなりにいるのかもしれないけれど。

「そういう訳だから駅まで送ってくれたまえよ。新垣先輩に聞いたけど、君の家は駅の向こうなんだろう？　帰宅ついでということでひとつよろしく」

新垣先輩め、余計なことを。

僕は表向き困ったと言わんばかりの笑みを貼りつけながら、西園寺さんを笑顔で送り出して部屋で気持ちよく飲んでいるであろう新垣先輩を想像して内心舌を打つ。これで家が別方向だからという言い訳ができなくなった。

……まあ、仕方ない。あまり変な言い訳をして、〝こいつボクといたくないんだな〟とか思われるのも困る。好きの反対は無関心で嫌いはむしろ相手に関心があると聞くが、僕はどちらかと言えば人には無関心でいられたいのだ。

それが、一番疲れずにすむ。

そういうわけで、どうにかして別々に帰宅するという選択肢を早々に放棄した僕はエレベーターを降りてマンションの外に出ると、西園寺さんと二人並んで駅の方へ歩き始めたのだが、いかんせん話題がない。

他人といるときに沈黙が続くのは精神的に辛いので、仕方なく当たり障りのない話題を振ることにする。苦し紛れだろうが何もしゃべらないよりはましというものだ。さしあたっては、彼女のバッグからはみ出る縦長の箱についてとか。

「ああ、これかい？　これは今日のバイト代さ。季節限定の日本酒で、けっこうレアものなんだよ。定価で諭吉先生がひとり消えていくやつだ」

なんと。

新垣先輩、人ひとり呼ぶためだけにわざわざそんなものまで用意するとは。お金に困っていないとはいっても、そんなもの軽い気持ちで準備できるものでもあるまいに。先輩の人徳のなせる業《わざ》ということなのか、あるいは後輩思いが強すぎるのか。

「いいや、あの人の場合は今日の彼……えっと、そう、佐川君のためだけじゃないと思うよ。彼を喜ばすためということもあるにはあるだろうけど、同時にボクの関心を得るためでもあるだろうね」

ふうん。

そうすると、新垣先輩も西園寺さんにお熱だということか。今日の先輩を見ているとそんな雰囲気はなさそうだったが、はみ出し者には難しい機微である。

「そういうのとも違うね、あれは。どうも先輩は女としてのボクには興味なさそうだ。ただ文字通りの意味で仲良くしたいだけだと思うよ。ボクに対しても、わざわざ声をかけた君に対しても。本当にそれだけが理由なんじゃないかと思うね」

なにやらもってまわった、意味深な口ぶりをする西園寺さんに新垣先輩の純粋な好意がなにか裏がありそうな感じに思えてくる。

しかしそうすると、西園寺さんはともかくわざわざ僕と仲良くする理由はなんだろうか。自慢じゃないが毒にも薬にもなれないぼっちな僕である。親しくして得るものは特にない。それでも手を差し伸べてくれるのは、サークルの先輩としての義務感か、もしくは憐《あわ》れみか。

「そこまでいくとさすがに穿《うが》ちすぎだよ。まあ、理由なんてどうでもいいじゃないか。先輩には先輩の考えがあるんだろうよ。ボクにとってはありがたいお誘いだったし、新垣先輩のああいう態度には助けられてるしね。君も迷惑とは思わなかっただろう？」

その通りではある。好意を持って誘ってくれたことに間違いはないだろうし、そもそも他人のことなぞてんでわからない僕が詮索なんてしてもしょうがない。

しかし、西園寺さんも酒につられて飲み会に参加するとはよほど酒好きなんだな。今日もたくさん飲んでいたみたいだし。若者でお酒が飲めない飲まない人が増えているというけれど、このまま行けば西園寺さんは将来有望な酒飲みになるだろう。なにしろ僕らはまだみせ――。

「おっとそれ以上はいけない。この物語に登場する大学生は皆成人しているからお酒もたばこもエッチなシーンも問題なしだ。いいね？」

あ、はい。

どこかで聞いたようなお約束口上と素早く差し出された手によって台詞《せりふ》を遮られた僕はがくがくと首を振ることで了解の意を示す。

訂正しよう。これだけ飲める学生がいるなら酒造業界も明るい。

僕の言葉に満足したように頷《うなず》いて西園寺さんは手を引いた。

「よろしい。……まあ、人より酒量が多いのは間違いないし、お酒が好きなことも否定はしないよ。むしろはっきりとお酒を愛していると断言するね。ビールが喉を通るときの爽快感とか、日本酒を口に含んだときに広がる旨味だとか、ウィスキーの薫るような味わいだとか。そういったものを楽しんだ後にやってくる酩酊感《めいていかん》だとか。こんなにお酒が美味《うま》いとは思いもしなかったよ」

今では毎日晩酌の日々さ、と笑う彼女はとても楽しそうで、本当の本当に掛け値なく、酒をこよなく愛しているのだろうと感じた。

……これは有望どころではなく、西園寺さんが死ぬときは酒が死因となるに違いない。もはや酒豪どころか酒クズの域かもしれない。

ふむ、しかし。

彼女がそれほどまで語る酒とはそんなに美味いものなのだろうか。僕とて先ほどまで酒を飲んでいたし、過去に何度も飲酒は経験している。だが、美味いと思って飲んだことは一度もなかった。

これまでの実績から、自分が決して酒に弱いわけではないことは確認している。だがそれだけだ。美味《おい》しいと思って飲んだこともないし、楽しんで飲んだこともない。ビールはそもそも味が苦手だし、一番美味しいと思ったコーラサワーはアルコールを入れない方が好きだと思っている。

だから周囲の人たちも我慢しながら飲んでいるんだろうなと思っていたのだが、西園寺さんの様子をみるにそれだけではないらしい。

やはり量を飲むか、質のいいものを飲むかでもしないと酒の味わいというものはわからないのだろうか。

そんなことを考えながら、なんとなしに西園寺さんのバッグからはみ出る箱を眺めていたのだが、彼女はそれを見て何か勘違いしたらしく、僕から箱をかばうようにバッグを遠ざける。

「おや、君もこれが欲しいのかい？　申し訳ないけど、これをあげるわけにはいかないな。これを手に入れるためにわざわざ接待まがいの飲み会に参加したんだから」

接待とはひどい話である。実際そう言っても過言ではなかったかもしれないけれど。

別に人の物を奪うなんてことをするつもりはない。高い酒ならば味もいいのだろうなと考えていただけだ。

「ふうん。つまり、美味い酒に興味があるということだね。うんうん、大変結構なことだ」

何やら仲間と出会ったような目でこちらを見てくる西園寺さん。ちょっと興味を示したぐらいで肩を組んでこないでほしい。

まあ、確かに。良い酒を美味いと僕が思えるのなら、無味乾燥な人生もちょっとは彩りが出るのではと思わなくもないけれど。

そんな僕をじっと見ていた西園寺さんは、何やらいいことを思いついたとばかりに頷くと、笑みを浮かべながらとんでもない提案をしてきた。

「よし、わかった。そこまで言うなら特別に君にもこの酒を分けてあげようじゃないか。駅前のスーパーでつまみを買って、君の家で二次会と洒落込《しゃれこ》もう」

いやいやいや、ちょっと待ってほしい。

美味い酒が飲んでみたいとは言ったが、そこまでしろとは言っていない。

「まあまあ、せっかくの機会なんだから何事も挑戦してみないと。それに、かわいい女の子とサシ飲みできるなんて滅多《めった》にない機会じゃないか」

難色を示す僕のことなど意に介さず、酒を飲む機会を得て軽やかに歩みを進める西園寺さん。慌てて追いかけた僕の翻意を促す言葉は、まあまあとか、悪いようにはしないからとか、適当な台詞で流されてしまう。

そりゃあまあ、西園寺さんのように見目好《よ》い女の子が自分の部屋に来て一緒にお酒を飲んでくれるなんて、健全な男子であれば大喜びする展開だ。実際、僕だって似たようなことを妄想することもなくはない。

だが、それが現実に起こるとなれば話は違う。そんな話が急に転がり込んできてもこちらはなんの準備もできていないのだ。

女の子と語らうような話題なんて僕には何ひとつ思い浮かばないし、どう振る舞えばいいのか皆目見当がつかない。道すがらの会話にだって悩んでいるというのに、膝を突き合わせてまで何をしゃべればいいというのか。

僕が対応に苦慮している間に西園寺さんは迷うことなくスーパーへ入ると、ひょいひょいと買い物カゴにものを放り込んでいく。僕はおつまみだけでなくお酒も入れていく彼女に戦慄を覚えた。あれだけ飲んだ後なのに、日本酒だけでは済ませないつもりらしい。

「いやいや、さっきの飲み会で大して飲んでなかっただけだよ。ボクも女だからね。あまり飲みすぎて不本意なお持ち帰りをされても困るし、飲んでるように見せかけて上手《うま》いこと調整してたんだ」

なるほど、流石《さすが》にその辺りは気をつけていたらしい。そういうことなら二次会なんて開催して余力を潰すようなことはしないでほしいのだが。

「それも時と場合によるってことだよ。今は全力で楽しむことだけを考えればいいのさ」

さっきと今で何が違うのかさっぱりわからないが、西園寺さんが行けるところまで行くつもりでいるということはわかり僕は震え上がった。彼女がどれだけいけるクチなのかは知らないが、間違いなく僕よりも強者である。

そんな西園寺さんと一緒に飲む未来はなんとか回避したいが、僕は彼女の後ろをついていくばかりで有効な打開策を見出せていない。

結局西園寺さんは僕の言葉に一切耳を貸さないまま会計を完了させてしまった。

「……さて。ここまでやったらもう嫌とは言えないだろう？　このつまみはボクの奢《おご》りでいいからさ、いい加減腹を決めたまえよ」

酒の入った重いレジ袋を僕に押しつけつつ、西園寺さんが呆《あき》れたような表情をしているが、強引に事を推し進めている彼女からそういったリアクションをされるのはいささか納得いかない。

「ううん。ここまで嫌がられるのは予想外だな……。気が進まないなら止めにしようか？」

眉を下げながらの彼女の提案に対して反射的に飛びつきたくなるが、ぐっとこらえる。僕とて本当に嫌だと思うならスーパーに入る前に拒否するなり逃げるなりどうとでもできたのだ。そうであるのに、酒やつまみを買ってしまった後に解散なんてとてもできなかった。

まあ、ここまできたらうじうじしていても仕方がない。腹を括《くく》って酒を酌み交わすとしよう。

根負けしてため息交じりに言葉を吐く僕に、西園寺さんは一転して笑みを浮かべた。

「そうこなくてはね。いやあ、その気になってくれてよかったよ。辛気くさい顔した相手と飲んだらお酒も不味《まず》くなってしまうからね。さあ、早く君の住まいに案内しておくれよ。美味い酒がボクたちを待っている」

そうして僕を後ろから押す西園寺さんに急《せ》かされて僕の部屋に向かった。

＊

「へえ、いいところに住んでるじゃないか。角部屋なのも素晴らしいね。それによく片付いてる」

明かりのついた部屋をぐるりと見回し、西園寺さんは感嘆の声を上げた。

部屋が片付いていて助かった。誰かを招く予定は一ミリもなかったのだが、なにせ暇な時間が多いので家事の時間にはことかかない。

自慢するには悲しい事実なので、西園寺さんには言わないけれど。

「さて、早速始めようじゃないか。いやあ、実は家だと家族の目があるからおおっぴらには飲めなくてね。最初のうちは父も娘と一緒に飲めて嬉《うれ》しそうにしていたのに、まったく。自分たちが酒の味を教えたくせに、最近は飲み始めたら止めようとするんだからひどい話さ」

おそらく家でも浴びるように酒を飲んでいるのだろう。そりゃあ大事な娘が大酒飲みになったらそうなる。やっぱり西園寺さんは酒クズということで間違いあるまい。

というか、本当にまた飲み始めるつもりだろうか、西園寺さんは。

「なにを今更。もう準備万端で後は飲み始めるだけなんだから、満足するまで帰る気はないよ、ボクは」

せっせとテーブルの上に酒とつまみを並べている西園寺さんを見つつ、僕はため息を吐《つ》いた。

こちとらこう見えても男の子で、ここは僕の家だ。酔った西園寺さんをどうこうするとは思わないのだろうか。ここまで無防備でいられると僕としても思うところがある。

脅すように僕は西園寺さんに問うた。これで彼女が我に返るなり、僕に失望するなりして帰ってくれたら万々歳であったのだが――。

「別にかまわないよ。襲えるなら襲ってくればいい。さすがに男子相手に抵抗しても逃げられないだろうし、なんなら今すぐ押し倒されてもヤられる自信があるね」

西園寺さんは、平然とそんなことを言った。

あんまりな言葉に二の句が継げない僕を見て、彼女は僕の顔をのぞき込むようにしながら不敵に笑う。

「といっても君、ボクをどうこうするつもりはないだろ？　新垣先輩は女としてのボクに興味はなかったけど、君はボク自身にかけらも興味がない。自慢じゃないけどボクはこういう見た目だからね。人の視線には人一倍敏感なんだ。君の視線は、邪《よこしま》な気持ちどころかボクを人と見てるかも怪しいね」

　僕は一瞬納得しかけたが、男として捨て置けないことに気がついて憤然と反論する。

「……そんなこと、わからないじゃないか。西園寺さんから僕がどう見えているかは知らないけれど、年頃の男の性欲をなめちゃいけない。西園寺さんに気がつかれないようにねっとり視姦《しかん》しているむっつりかもしれないだろう。

「や、そんなムキになって自分を貶《おとし》めてまで否定することはないと思うけど……。けっこう自信あるんだけどね。なんなら、処女を賭けてもいいよ。ふふふ、いつか言ってみたい台詞《せりふ》だったけど、こんなにぴったりな状況で言えるとは思わなかったな」

　……この女、まともじゃない。

　朗らかに語る西園寺を僕は薄ら寒いものを見るように見つめた。なにがどう見えているのか知らないが、今日初めて会話した男の見立てに貞操を賭ける馬鹿がどこにいるのか。

　実は見かけによらず遊んでいるタイプなのかもしれないが、それでもやばいやつには違いない。

いっそ確かめるために押し倒してやろうか。西園寺の容姿は文句なしであるし、身体の方も大変女性らしいシルエットをしている。

――だが、止めた。一時の感情に流されて過ちを犯すのは馬鹿だ。

暗い先行きしか見えない選択肢を採れるほど頭の出来がよろしくない僕は、諦めてキッチンからグラスをふたつ取ってくるとテーブルに置いた。西園寺はそれを見て満足そうに、そしていやらしく笑う。

「やっぱりボクの見立て通りみたいだね。さあ、そんな渋い顔をしてないで君も座って、乾杯しようじゃないか。さっきも言っただろう？　せっかくの良い酒なんだ、辛気くさい相手とは飲みたくない」

こうなっては仕方がない。この女の口車に乗って美味《うま》い酒というものを堪能するとしよう。

「では、そうだな……。新たな飲兵衛《のんべえ》の門出を祝して」

飲兵衛にはならない。……酒クズ女の前途を祈願して。

乾杯。

＊

……うぐぅ。

僕は窓から差し込む日差しのまぶしさに目を覚ました。

眼鏡を外しているためぼんやりとしているが、まだ開けきれないまぶたの隙間から見えるのは最近ようやく慣れてきた我がアパートの天井だ。

何故《なぜ》かいつベッドに入ったか思い出せないし、これも何故だか頭痛がして思考がうまくまとまらない。

そして何故だか少し息苦しさを感じる。なんていうかこう、外側から喉もとを圧迫されているような感じだ。

取り急ぎ息苦しさを解消するために喉もとを探ると、細長い何かが頸部《けいぶ》を横断するように伸びている。未《いま》だ思考が定まらないままに、邪魔な物をどけようとそれを掴《つか》んで持ち上げた。

それは、白く細い人の腕だった。

……はて。

僕の腕はふたつ。左手はこの腕を摑んで持ち上げている。

では右腕かと感覚で所在を確かめるが、ちゃんと布団の中に収まっていた。というか、これが僕の腕だったら自分の腕で首を圧迫して、それを反対の手でどかしていることになりあまりにも間抜けすぎる。

しかし、そうするとこれはだれの腕だろう。

空いた右手でベッドのヘッドボードを探ると眼鏡がちゃんと置いてあったのでそれをかけてから、僕は視線で摑んだ腕の根元の方に辿《たど》っていく。

腕の先にあるのは白いノースリーブのシャツ。少々乱れた布団から見える胸元はボタンが外れ、その隙間からは肌色の膨らみが覗《のぞ》いている。最後にこの人物の顔を見ると、西園寺だった。西園寺はこんな状況あずかり知らぬとばかりにすやすやと気持ちよさそうな寝息を立てている。

……、……、……。

僕は摑んでいた腕をゆっくり脇にどかすと、寝転がった姿勢のまま目線を天井に向けた。

それらの動作は、隣人を刺激せぬよう細心の注意をもって行われたが、寝起きで緩慢だった脳内は急速に活動を開始し、全力で昨夜の記憶を掘り起こしていた。

昨日、西園寺と部屋でサシ飲みをしたのは覚えている。彼女の本日の報酬である日本酒

を味わいながらとりとめない話をしていたのだが、このお酒がまあ美味で、二人でするすると空けてしまったのだ。

気がついたときにはもう西園寺の終電はなくなっており、どうせならこのまま飲み明かすと西園寺がだだをこね始めたので、仕方なく西園寺が余計に買っていた酒を開け始めた。

僕も西園寺も追加の缶チューハイを数本空けたあたりですでに正体がなくなってきており、会話の内容もなんというか、思い出すのもはばかられるような品のないものに移り変わっていった。

最後の方は飲めば飲むほどペースを上げていく西園寺につられ、半ば飲み比べのような勢いで消化していたような気がする。酒にも適量というものがあるはずだが、そんなものは余裕でぶっちぎっていただろう。まったく無茶《むちゃ》な飲み方をしたものだ。

どうやってベッドに潜り込んだのかすら記憶にないのだが、寝落ちする前に残った理性が働いたということか。なぜ西園寺がベッドに侵入してきたのかは分からない。お互い衣服は身につけているようなので一線を越えるような事態にはならなかっただろう。たぶん、おそらく……。

とにかく今は同衾《どうきん》してしまっているこの状況から逃れることだ。今西園寺が目を覚まして騒ぎになったとき、圧倒的不利なのは男である僕だ。昨晩の西園寺の態度を考えれば可能性は高くはないが、なにしろふたり共酒が入っていたのだ。西園寺が急に態度を翻す可能性だってある。不測の事態に対して用心するに越したことはない。

僕は重い身体をなんとか起こすと、西園寺が目を覚まさぬよう慎重に掛け布団から身体を抜きとる。

さてここからが問題だ。僕は壁側で寝ていたので、ベッドから出るには西園寺を跨《また》いでいかなければならない。

うっかり西園寺に触れたり起こしたりすることがなきよう細心の注意をもって行動を開始する。

右手右足を西園寺の向こう側へ。身体を持ち上げ西園寺の上へ。西園寺を組み敷いているように見えなくもない構図だ。

そこで西園寺と目が合った。

……、……、……おはよう。

「ああ……。おはよう……。今襲われると、君が出すもの出す前に、ボクの口から出ちゃいけないものが飛び出すかもしれないから勘弁してくれないか……？」

……襲うつもりも出すつもりも一切ない。

西園寺の言葉をしっかりと否定して、彼女の上から速やかに退きベッドを脱出する。

最悪のタイミングでの起床だったが、二日酔いに苦しむ西園寺はそれどころではないらしい。酒に助けられたということだろうか。

西園寺はのろのろと上体を起こすと頭を抱えてうめいた。

「すまない、水をもらえるだろうか……」

僕は空き缶やつまみの空袋が散乱した居間を横断し、西園寺の分と自分の分、ふたつの新しいグラスにミネラルウォーターを注いで片方を自分で飲みつつ、もう片方を西園寺に渡した。

西園寺はそれを受け取ると、ぐいっと一息に飲み干す。

「……ふう。ありがとう。流石《さすが》に昨日は飲みすぎたね……。酒の酔いを翌日に持ち越すなんて初めてだ」

そりゃああれだけ飲んで平気な顔をされたらたまらない。僕だって付き合わされたせいで体調はぼろぼろなのだ。

というか、あんなペースで酒を飲むくせに今までは二日酔いにもなったことがなかったのか。

「こうみえて節度をわきまえられるんだよ、ボクは。昨日だって君をベッドに運んで寝かしつけたのはボクなんだよ？」

……なんだって？

「右乳首と左乳首どちらの感度がいいのか論を交わしていた辺りで君が駄目になって寝てしまいそうだったから頑張ったんだよ。結局ボクもそこで力尽きて横で寝てしまったのだけどね。堅いテーブルじゃなくて暖かいベッドの中で眠れたことに感謝してほしい」

わざわざベッドまで引っ張ってくれたのは確かにありがたい話だが、直近のしょうもない議論の記憶は余計だ。というか、猥談《わいだん》を語らうにしても内容がしょうもなさすぎる。我ながらもうちょっとマシな話題はなかったのだろうか……。

ともあれ、西園寺が同衾していた理由も理解できた。

だが、そもそも西園寺に付き合って飲んだからそういうことになったのだと思うとどうも納得がいかない。自発的に飲んだのは僕なので責任転嫁はできないけれど。

個人的な感情は呑み込んで、西園寺に感謝の意を示すと彼女は可笑《おか》しそうに笑った。

「ふふふ、これぐらいかまわないさ。しかし、その様子だとボクに対する遠慮はもうなさそうだね。……ところで」

こっちに遠慮する気のないやつに遠慮する必要があるか。ところで、なんだ。

「今気がついたんだが、酔って色々脱ぎ散らかしたみたいだ。その辺にブラとかスカートが落ちてないかな」

……、……、……。

捜索の結果、それらは何故かテーブルの下に丁寧に畳んで置かれていたのである。

「いやあ、シャワーだけじゃなく朝食までいただいて悪いね。お礼と言ってはなんだけど、ボクが穿《は》いてたパンツは洗う前に使ってくれていいから」

使うってなんだ使うって。

インスタント味噌汁《みそしる》を啜《すす》って、多少持ち直しつつもいまだ気だるげな西園寺から放たれた言葉に、僕は顔をしかめた。

講義には多少の時間の余裕があったのでゆっくりと酔い覚ましの時間を取ることができるのがありがたい。今日が二限からでよかった。自分の選択で生活スタイルを決められるのが大学生の特権である。

西園寺も今日は二限からららしく、一緒に出ればいいと我が物顔でうちに居座っている。西園寺は脱ぎ捨てていたスカートやブラはそのまま身につけたが、シャツやパンツは何故かベッドの上に丁寧に並べ置いて、代わりに僕の衣類を身に纏《まと》っている。昨日話すようになったばかりの相手にここまで提供させるとは厚顔無恥なやつだ。

シャツはともかく、パンツを貸すことには難色を示したのだが、

「ブラはともかく、パンツを替えないのは嫌だ。いいじゃないか貸してくれたって。別に

君は大して困らないだろう？　それにボクにノーパンで大学に行けって言うのかい？」

と、謎の論理を展開してきたのだ。

勝手に行けや、と切って捨てる言葉が口をついて出そうになったが、ただでさえ二日酔いで体調が悪いのに余計な押し問答で体力を消耗したくなかったので、渋々貸してやったのである。

まったく、ひどい目にあったものだ。今日の講義に出るのが億劫《おっくう》でしょうがない。

「そうはいうが、これは酒を楽しむための致し方ない犠牲ってやつだよ。それに、君だってなんだかんだ楽しんでいたじゃないか」

そりゃあ、まったくもってつまらなかったかと言えば嘘《うそ》になるだろう。西園寺の話しぶりや態度があまりに女性らしさを感じさせなかったので、当初心配していたように話題に困ることがなかったというのも一因ではある。

だが、口が達者とは言えない僕の口が面白いように滑らかになり、まったくしゃべったことのない女と一晩馬鹿話を繰り広げられたのは、間違いなくお酒の力だ。

そう考えると、お酒というものはまあ悪いものでもないだろう。

……まあ、そういった事情も勘案して、これもお酒の魔力と言っておこう。

「そうだろうそうだろう。酒を飲むのは時間の無駄、酒を飲まないのは人生の無駄だって言うじゃないか」

聞いたことない。誰が言ったんだよそんなこと。

「さあ？」

西園寺は、肩をすくめてから時計を見た。

「さて、今に限っては面倒だが仕方がない。そろそろ出ないと二限の講義に間に合わないな。日本文学研究の講義は出席が厳しいんだ」

……ん？　それ、僕も取っている講義だ。

出席者の多い講義だから同じ講義に出ていることに気がつかなかった。文芸サークルなんて入るぐらいだから学部は同じだろうとは思っていたのだけれど。

何気なくこぼれた僕の言葉を聞いて、西園寺はいやらしい笑みを浮かべた。

「君もか。……つまり、来週も前日の夜からここに泊まり込めば深酒しても寝坊しないですむってわけだ。それは素晴らしいな。来週も気兼ねなく飲めるってもんだよ」

おい。

この女、またこんなことをやらかすつもりらしい。しかも当然のように他人様《ひとさま》の家で！

「まあまあ。その辺の話はまたにしようじゃないか。ほら、そろそろ出ないと講義に遅れてしまうよ。食器ぐらいはボクが洗おう」

西園寺は僕の抗議を適当に流すと、空いた食器を片付け始める。この件ははっきりとさせておきたいところだが、時間がないのも事実だ。僕は歯がみしつつも家を出る準備を始める。

こんな乱痴気騒《らんちきさわ》ぎ、そう何度もやっていたら身が持たない。

なんだかんだと押しかけてきて僕の生活をおびやかしそうな女を止める手立てを考えるため、僕は未《いま》だ酔いが苛《さいな》む頭痛をおして頭を働かせ始めた。

閑話　この世のすべてを手に入れるかもしれない男

西園寺《さいおんじ》と飲み明かしたその足で共に大学に上り二限の講義を受けた後、僕は文芸サークルの部室に昼食を食べに赴いた。ただでさえ大学がちょっとした丘陵の上に建っているため坂道が辛いのに、二日酔いで身体がぼろぼろなので歩くのも億劫だ。

普段は学食で昼食を取ることが多いのだが、特定の個人《西園寺》とふたりだけでいることを避けるため、せめて不特定多数の中に紛れて会話を分散させようと図った次第である。

別に西園寺個人を嫌っているわけではない。やばい女であることは疑いないが、昨日今日の会話でそれなりに話せるやつだということはわかっている。ただ、長い間サシで会話をしたことに僕が疲れを感じただけが理由だった。

……まあ、当の西園寺は用事があるとか言ってどこかへ去ってしまったのだけれど。西園寺対策のための提案だったのに、肩透かしもいいところだ。

部室へ行く理由はなくなってしまったが、西園寺にそのことを伝えてしまった手前、別の場所でかち合うと気まずすぎるので仕方なくコンビニで買った昼食を片手に部室の扉を開いた。

部室の中央には長机がふたつ並べて設置されていてひとつの大きなテーブルのようになっており、そのテーブルを囲む形で四方に長椅子が設置されている。

昼休み中であるためか部室にはそれなりの人数がいて机の上に昼食を広げていた。

「よう、お前が部室に寄るなんて珍しいな。昨日の飲み会後はお楽しみだったみたいじゃないか」

扉の正面奥に座っていた新垣《あらがき》先輩は、入ってきた僕に真っ先に気がついて面白い玩具《おもちゃ》が入ってきたと言わんばかりの表情で声をかけてきた。

……別にお楽しみした覚えは一切ないので、耳をそば立てている皆さんも気にする必要はない。

先輩に返事をしつつ、周囲で僕に注目していたサークル部員の方々を見回すと、皆わざとらしく明後日《あさって》の方向に目を逸《そ》らした。

僕は内心舌を打ちながら、それを顔に出さないように意識しつつ手前の長椅子に腰掛けた。

「そうか？　俺はさっきまで寝てたから目撃してないが、ふたりで仲良く大学に上ってきて、一緒に講義受けたって聞いたぞ？　お前がみんなを出し抜いて西園寺をモノにしたって大騒ぎだ」

にやにやと笑い、からかうような新垣先輩の言葉に僕は今度は表情を隠すことはできず、顔をしかめた。

二日酔いで頭が働いていなかったとはいえ、周囲の目など気にもせず西園寺と肩を並べて登校してきたのは迂闊《うかつ》だった。文芸サークルなんかに入るやつなんて、たいていは僕や西園寺のように文学部に在籍しているような人々だ。行動範囲も僕たちと似たり寄ったりだろうから目撃者もそれなりにいたことだろう。

しかし、だからといってこの短時間で新垣先輩の耳に入り、大騒ぎなんて言われるほど広まるとは思ってもいなかった。

それだけ西園寺が注目されやすいということなのだろう。酒クズのくせにやっかいな女である。

「いやあ、俺は嬉しいよ。サークルにもなかなか馴染《なじ》めてなかったお前が、一晩で女《西園寺》も名声《サークルの話題》も手に入れてくるなんて。飲み会にお前を呼んで良かった。先輩冥利に尽きるってもんだ。後は金さえ手に入れりゃあこの世のすべてを手に入れたも同然だな」

そんなもの、欲しけりゃくれてやりますのであまりからかわないでもらいたい。こっちは変な女に絡まれたせいで酷《ひど》い目にあったのだ。

飲兵衛《のんべえ》につられて飲みすぎたせいで二日酔いで、昼になっても胃腸が回復しないからお昼ご飯は野菜スープである。

「おいおいおいおいおいおい。そいつは聞き捨てならないぜえ？」

僕がぼやきながら買い物袋からスープを取り出していると、部屋の隅から声が上がった。見ると、昨日の飲み会の主役であり西園寺に潰された被害者のひとりである佐川《さがわ》君だった。

彼はいつ見ても黒シャツ黒ズボンという出《い》で立《た》ちなのだが、今日はそれがよれよれであるし、髪の毛もぼさぼさだ。やはり新垣先輩宅での飲み会で西園寺に潰されたせいで家に帰れなかったらしい。

佐川君は腕を組み、瞑目《めいもく》したまま静かに語り始める。

「昨日は俺を慰める会って趣旨だったわけじゃん？　寝取られは辛かったけど、みんなに慰めてもらって有り難《がた》かったし、阿呆《あほ》ほど飲んで過去は忘れて明日を生きようと思ってたのよ」

そこまで言い終えると、カッと目を見開き僕に鋭いまなざしをくれながら叫んだ。

「けどさあ！　主役を差し置いてその場で唯一の癒やしをお持ち帰りした上、彼シャツ着せて同伴登校なんて、そんな暴挙あるかよ！　許せねえよなあ！」

佐川君の主張に、部室にいた部員たちからそうだそうだ！　とか、紳士協定違反だ！　とか賛同の声が聞こえてくる。彼らも飲み会の参加者であると思うのだが、未だに顔と名前を一致させることのできる人数が少ない僕には確証がなかった。というか何故《なぜ》かその場にはいなかったはずの女子部員も便乗で声を上げてる人がいるし。

確かに昨日のことを客観的に見た場合、寝取られという悲劇に直面した佐川君のために企画された飲み会の最中、新垣先輩がわざわざお礼まで出して呼んできた綺麗《きれい》どころである西園寺をかっさらっていったと取れなくもない状況である。

しかし、現実はひとりで途中退席しようとした僕に西園寺が勝手についてきて、勝手に僕の部屋まで押しかけてきた挙げ句勝手に泊まっていって、やつのわがままで僕の服を着ているだけなのである。

つまり、一から十まで西園寺が悪い。

僕はそのことを努めて穏やかな表情を作りつつ、かつ穏便に済むよう言葉を選びながら説明したのだが……。

「うるせえ！　そんな言い訳を聞いてるんじゃないんだよ俺はよお！　俺が聞きたいのはさあ……」

佐川君は僕の説得の言葉など端《はな》から聞いてないと言わんばかりに声を荒らげたが、急にそれまでの大音量をひそめて内緒話をするようにささやいた。

「……西園寺さんとはどこまでいった？」

「佐川、あんた最低だわ」

もっとも、部室の反対側にいる僕に聞こえる声量だったので全員に丸聞こえだったが。

女子部員の内心を代弁するような才藤《さいとう》さんの冷たい声が佐川君を斬り捨てる。佐川君はただでさえ切れ長の目をしている才藤さんに半眼で見据えられ一瞬ひるんだものの、己を鼓舞するかのように再び声を大にして主張する。

「だってさあ、本人の前で言うのもなんだけど、うちのサークルでもレアキャラで接点がなさそうだったふたりが飲み会一緒しただけで朝帰りですよ？　飲んでるときも話してる様子はまったくなかったのに！　新垣先輩の家から駅までの短時間しゃべっただけでお持ち帰る技術を実体験付きで是非ご教授お願いします！」

途中から願望とか欲望とかがだだ漏れていて、女性陣から佐川君への好感度はそれなりに下がったようであったが、やはり誰もが男女のあれこれには興味津々であるらしい。佐川君に白い目を向けていた才藤さんも彼の言葉自体には異論がないようだ。

「佐川の言い分はともかく、身持ちの堅い西園寺さんとお近づきになれた理由には興味あるな。女同士でも打ち解けられないのにどうやって仲良くなったの？」

本人にその気はまったくないのだろうが、ただでさえ鋭い目を細めて微笑《ほほえ》んでいる才藤さんの視線は睨《にら》みつけられているような気がしてきてちょっと怖い。僕は内心びくつきながらも表面では愛想笑いを貼り付ける。

どうやって、と言われても正直何もしていない。先ほども説明したが、向こうが勝手に距離を詰めてきただけで、何がよかったとかなんて……。ああ、そういえば新垣先輩には助けられてるし、あの人は大丈夫みたいなこと言ってたな。

「マジで⁉」

「お、なんだなんだ。俺もワンチャンいけるってことか？　いやあ、悪いなお前ら」

部室内がざわつく中、新垣先輩がにやけながら周囲を煽《あお》っているのを横目に、僕は西園寺の言葉をできる限り思い出そうとする。

……確か、新垣先輩は女に興味がないみたいだから大丈夫とかそんな感じ？

「おい」

「新垣先輩、もしかしてそういう……⁉」

「確かに普段新垣先輩からはあんまりいやらしい目で見られてる感じしないかも」

直前とは違う雰囲気で部室内がざわつく。隣に座っていた男性部員が離れるようにちょっと横にずれていくのを苦々しく見ながら、新垣先輩は一部女性陣の妄言を否定する。

「俺はちゃんと女が好きだっての！　ただ西園寺は俺の守備範囲外だからな。そういう目で見てなかったからあいつがそう感じただけだろ？」

　ああ、そうだそう、だったな。先輩には女としてのボクに興味はなさそう、だったな。先輩には申し訳ないことをしたが、このままの方が面白いから黙っておこう。

「西園寺さんが守備範囲外ってすごいっすね新垣先輩。あのレベルなら趣味じゃなくてもいける気がしますけど。それなら先輩はどんな人が好みなんです？」

「俺の趣味なんてどうでもいいだろ？　そんなことよりも西園寺攻略の秘訣《ひけつ》の方が面白いし貴重だろうが」

　佐川君が興味津々といった風で新垣先輩に尋ねるが、先輩はひらひらと手を振って話を強引に戻した。佐川君も嫌がる先輩に無理強いすることなく素直に話を戻す。

「まあ、先輩の趣味については今度酒の席ででも聞けばいいか。しっかし、西園寺さん攻略法かあ。そもそも飲み会と部会の時しか顔出してこないし、飲み会も昨日以外だと新歓の時しか来ないから交流の場がないんだよなあ。女子は誰か仲良くしてないの？」

　佐川君の言葉に女子たちはお互い顔を見合わせる。

「ううん、私も部会の時ぐらいしか顔合わせないなあ」

「一回カラオケ誘ったことあるんだけど用事があるとかいって断られたわ」

「ちょっとただ者じゃなさそうな感じがあって話してみたくはあるんだけどね。本人がつれないからなあ」

どうやら西園寺、僕と同じぐらいにはサークルへの参加率が悪いらしい。あれだけなれなれしく、押しの強いというか、距離感がバグってる女であるならば容易《たやす》くサークルの中に溶け込めそうなものなのだが……。

よし、せっかく皆が西園寺のことを知りたがっているのだ。サークルの仲を深めるためにも一肌脱ぐとしようじゃないか。

さしあたって、昨日酒に酔ったときの西園寺の言動を開示することにする。おおよそ酒に対する深すぎる愛と下品な下ネタに終始していたので評判と乖離《かいり》したクズっぷりにきっと誰もが親しみを覚えることだろう。

別に昨夜飲み潰されてちょっと悔しいとかそういうことはけっしてない。これはあくまで善意なのである。

ちょっと暗い快感を覚えつつ僕が口を開こうとしたとき、背後の扉が開かれた。

「こんにちは。……ああ、やっぱりまだいたか」

声に振り向くと、そこにいたのは渦中の西園寺だった。彼女が誰を指して「いる」と言ったかは視線を追えば理解できる。というか、追うまでもなく僕と目が合っているのだが。

「さっき三限の講義も同じだって話していただろう？　せっかくだから一緒に行こうかと思って」

「それなら俺が一緒にもがもがもがが」

視界の端ではなにやら佐川君が隣の部員に口を押さえられているし、他の部員の人たちが皆興味深そうにこちらを見ている。正直、この状況で西園寺と連れだって部室を出て行けばさらなる余計な噂《うわさ》が広がるのが目に見えていた。

まったく、一度別れたのだからわざわざ部室を訪ねてまで人を引っ張っていかなくてもよいだろうに。それに、次の講義は大人数が参加しているのだ。あえて僕を誘わなくとも部室の中で探せば同じ講義を受講している人間なぞいくらでもいるだろう。誰もが西園寺に興味津々であるのだから誘えばたいていは一緒に行ってくれるはずだ。

そういう訳で、西園寺のお誘いは丁重にお断りする。僕にしては珍しくおしゃべりがすぎて冷め切った野菜スープを飲み切らないといけないし。

「おやそうかい。それじゃあ仕方ないな。では、先に向かって君を待つことにするよ」

そうするのはかまわないが、三限は大講義室で実施される参加人数の多い講義なので、先に向かった西園寺は見つけられない予定なのだ。誰かと一緒にいたいなら僕のことは諦めて他の同行者を見繕った方がいいだろう。

僕が動く様子がないのを見て、西園寺はやれやれと言いたげに肩をすくめるとそのまま部室の外に出て行くようだ。他の誰かに声をかければいいだろうに、そんなそぶりも見せない。

「ああ、そういえば言い忘れていたんだけれど」

扉を閉める直前、西園寺が扉の隙間からひょいと顔を出し、いかにも今思い出したという体で話しかけてくる。あまりにわざとらしい様子に警戒するが、そんなものはやつの放った言葉の前では意味をなさなかった。

「君の部屋に置いてきた下着は次に飲みに行ったときにでも回収するから、それまでは今朝話したように好きに使ってくれ。返してくれるときにちゃんと洗ってあればいいから」

じゃあ待ってるよ、と一言残して扉が閉まった。

なんとも言えない沈黙と共に、室内の視線が僕に集中するのを感じる。ここで焦って対応を間違えるわけにはいかない。冷静かつ大胆に行動を起こすべき場面だった。

僕は、ちびちび消化していた野菜スープを一息に飲み干すと、空いた容器をレジ袋に突っ込む。そして傍《かたわ》らの荷物をひっつかむと、じゃあお先に、と部員たちに声をかけて部室を飛び出した。

乱暴に扉を閉めると同時に、その向こう側から怒号とも歓声とも悲鳴ともつかない叫び声が聞こえてくる。

……しばらく部室に寄りつくことは難しそうだ。まあ、そうなっても別段困らないのだけれど。

とにかく部室から離れ、講義に赴くべく足早に歩を進めて部室棟を脱出すると、西園寺が待ち構えていた。

「やあ。思ったより出てくるのが早かったじゃないか」

こうなるとわかってあんなことを言ったくせにふてぶてしいやつである。僕が無言で抗議の視線を送ると、西園寺はさも愉快そうに笑みを浮かべる。

「そんな顔をしてくれるなよ。むしろ感謝してほしいぐらいだね。あのままぎりぎりまで部室に残っていたら君が誘われる側になっていたかもしれないよ。そうなったとき、サークルの皆と仲良く講義を受けることに君は耐えられたかな？」

当たり前だ、と言い切ってみせるべきところで僕は言い返すことができなかった。

サークルの部員たちからお誘いを受けようものなら、断り切れずに三限を皆で受けて、流れで四限や放課後以降も一緒にいるハメになる未来が目に浮かぶようだ。

そうなればその間中気をつかい続けた僕の精神は、おろし金でごりごりと削られる大根みたいにすり減らされてぼろぼろになっていただろう。

感謝するのは業腹なので、先ほどの仕打ちに対する追及を止めることで手打ちとすることにした。

沈黙した僕を見て機嫌良くうなずいた西園寺が歩きだしながら話しかけてくる。

「おわかりいただけたようだね。それじゃあ彼らが向かってこないうちにさっさと講義に向かおうじゃないか」

講義には向かうが、西園寺と一緒に受けるつもりはない。今から別行動だ。追及は止めたが、先ほどの仕打ちを忘れたわけではないのである。

「まあまあまあまあ」

早足で西園寺を追い抜き講義に向かうが、結局まとわりついてくる西園寺を引き剝がすことができずに並んで講義を受けるハメになったのである。

二章　パチンコ・たばこ・時々コスプレ

「やあ、君もこの講義を取ってたのか」

朝一の講義が始まるのを本を読みながら待っていると、講義室に入ってきた西園寺《さいおんじ》に声をかけられた。そのまま自然な流れで横に座ってきたのだが、つい嫌な顔をしたのを西園寺に見咎《みとが》められる。

「そんな顔をしなくてもいいじゃないか。一緒に一晩過ごした仲だろう？」

人聞きの悪いことを言うんじゃない。いやまあ、一緒にいたのは事実だけれど、言い方に悪意を感じる。

西園寺は酒クズな中身はともかく見た目は大変よろしい人間なので、一緒にいると目立つのだ。大講義室の中とはいえ、僕が座っているのは講義室の最後尾、出入口に一番近い席である。必然人目に触れることが多くなり、サークルの人にも目撃されることになる。

先日の飲み会の翌日、二人で大学へ上って佐川《さがわ》君たちに詰められた後なのだ。これ以上の厄介は勘弁願いたい。

そういうことなのでさっさと友達のところなりなんなりどこかに行ってほしい。

「つれないなあ。友達の所に来た結果ここに座ってるんじゃないか」

友達じゃない。

それならこっちじゃなくて向こうで固まってるサークルの女性陣のところに行けばいい。わざわざ男ひとりにくっつくこともあるまい。

「いや、サークルの女の子たちとはあまり仲が良くなくてね。まあ学部にも仲が良い相手がいるわけじゃないんだけど」

西園寺はそんなことをのたまうが、別にサークルの女性陣は西園寺を嫌っているわけではないのでこいつにその気があれば彼女たちのグループに入れてもらうことなぞ簡単なのだ。学部でだって同じようなものだろう。

仲が良くないなんて言い訳している暇があったら努力をしろと言いたい。人のことを言える立場じゃないから言わないけど。

まあ、西園寺の交友関係が狭かろうが僕には関係ない。いや、この目立つ置物を排除する理由がなくなって困ってはいるが。

「まあまあ、友達のいないもの同士、仲良く連《つる》もうじゃないか。……大学最寄りに宿も確保できるし」

おい、打算がだだ漏れじゃねえか。笑って誤魔化《ごまか》すんじゃない。

これ以上絡んでいるとただでさえないに等しいサークルでの地位が消滅する可能性もある。なんとか西園寺をこの席から退かせられないかと考えていると——。

「おいっす〜。あれ、今日はひとりじゃないんだ。珍しいわね」

かけられた声にそちらをちらりと見ると、野球帽を目深に被った女の姿。

ひらひらと手を振る彼女に僕が手を上げて返すと、西園寺がちょっと驚いたような声を上げる。

「おや、北条《ほうじょう》さん？　……なんだ、君たち仲良かったのかい？」

いや、特にそんなことはない。名前も今知った。

「顔は知ってるし、毎週ここで会うけど名前は……なんだっけ？」

「……いや、君たちちょっと親しげに挨拶したじゃないか。毎週顔合わせてるって話なのに、逆になんでそんな相手に興味ないんだよ」

別に大した話ではない。彼女は毎週この講義の時に僕に出席カードを渡して帰る人だ。

「毎週ここにいてくれるから代返頼みやすいのよねえ」

「ええ……。いや、ある意味大学生らしい関係かもしれないけど……」

「まあまあ、お互い気にしてないんだからいいのいいの」

困惑する西園寺とけらけら笑う北条さん。

素直に受け入れている僕が言うのもなんだけど、北条さんはもうちょい神妙にしてもいいと思う。

「それよりあたしは西園寺さんが男とふたりでいることに驚きなんだけど。……もしかして、できてるの？」

僕の言葉をさっくりスルーして北条さんは西園寺に話しかける。その上僕を押し込んで同じ机に座り込んできた。

確かにこの机は三人掛けだけど、三人並んで座るとめちゃくちゃ狭いからやめてほしい。

「いや、ボクと彼は文芸サークルの部員でね。そして酒飲み仲間なんだ」

「へえ、そうなの」

酒飲みじゃない。

……というか、ふたりが知り合いだったことが驚きだ。西園寺も友達いないとか言いながら交友あるんじゃないか。

すると、西園寺は呆《あき》れたような顔をする。

「君ね……。ボクたちと彼女は同じ基礎ゼミだよ。もう何回も顔を合わせてるはずだし、なんならゼミの飲み会にもいたじゃないか」

マジで？

西園寺がゼミにいたのはかろうじて記憶の隅に引っかかっていたけど、北条さんがいたのは気がつかなかった。ちなみに飲み会には出ていない。

「いや、君がいた記憶がないなとは思ってたけど本当にいなかったのか……。君は本当に他人に興味ないね……」

いや、確かその時は用事があったから仕方がなかったんだ。うん。

「ああ、なんか見たことあるやつだとは思ってたんだけどゼミかあ。あたしも全然気がつかなかったわ」

ほら、北条さんも僕のこと気がついてなかったみたいだしおあいこというやつである。

「……本当に用事があったかは疑わしいが、まあそれはよしとしよう。しかし、うちのゼミの女子はけっこうレベルが高いのに勿体《もったい》ないな。北条さんが君のことを認知できてなかったのはまあわかるとしても、君は男ならせめて北条さんのことぐらいチェックしておきたまえよ。これだけエロい身体した女はそうそういないじゃないか」

「西園寺さん、それ最近は女同士でもセクハラになるからね……」

僕と北条さんの扱いの差に多少の理不尽を感じなくもないが、僕のようなぼっちのことまでちゃんと覚えておけというのは酷な話なのでそこは許すことにする。

そして、西園寺の言葉を受けて僕は北条さんのことを初めてしっかりと見た。

野球帽を脱いだ北条さんは金に染められた髪をショートカットにしていて、ボーイッシュに見える顔立ちが活動的な印象を持たせる。ホットパンツを穿《は》き、薄いカーディガンを羽織っているが中はタンクトップでその印象を裏付けるような動きやすそうというか、露出の多いファッションをしていた。

そして、なんというか、こう。非常に肉感的な体形をしているのだ。

服装が薄い分、体形がハッキリと出ていて目のやり場に困るぐらいだった。一部位に布を取られすぎてタンクトップの裾が足りず、全景に対して細く見えるおなかが見え隠れしている。

……うん、なるほど。西園寺の言わんとすることは、まあ理解した。

確かにこれは人の目を集める見た目をしている。

「あんた、今さらすぎない？　ここで何回も顔合わせてたじゃない」

呆れた様子の北条さんに僕は返す言葉もなかった。

それでも言い訳させてもらえば、僕は普段誰とも話さないし、待ち時間は本を読んでるから人の顔はろくに見ないのだ。

北条さんに話しかけられたときも視界の端でしか捉えていなかった。服がパンパンそうな感じはしてたからぶっちゃけふとっ——。

「あたしは、太ってる訳じゃ、ない。オーケー？」

イエス、マム。

今は理解してるから肩に置いた手を退《ど》けてほしい。マジで肩が外れそうなのでお願いします。

「今のは君が悪いね」

言われなくてもわかってる。

僕が謝罪の言葉を口にすると、北条さんは素直に手を離してくれた。

「まあ、そう見られるのは昔からだから今更なんだけどねえ。太ってるとかデブとか言われなれたわ。こんな荷物抱えてたらしょうがないって諦めてるけど」

両手で自分の胸を寄せてあげてみせる北条さん。愚痴るのも納得の重量感がよくわかるが、男の前でそのような行動は止めた方がいいと思う。

「その体形ならやっかみを受けるのはしょうがないかもね。ボクはいいと思うけどなあ。その大きさでその腰回りの細さは反則だよ」

西園寺はまじめな語り口でのたまっているが、北条さんを上から下までなめ回すような視線がすべてを台無しにしていた。

「ええ、あ、ありがとう？　……同性からそこまで露骨に見られるのは初めてだわ」

北条さんも西園寺の視線に顔を引きつらせつつ応答する。不快に思ったら遠慮なく訴えてくれていい。

……しかし、そうか。胸の大きな女性は服の着こなしが難しくて太って見られやすいと聞く。北条さんは身体の線が出やすい服装をすることでそう見られないようにしているんだな。

「いや、この服装は趣味だけど」

趣味かよ。

「好きなゲームのキャラがこんな感じの服着てるのよねぇ」

けらけらと笑う北条さん。まあ、似合ってるのは否定しない。露出が多くて別の問題が出てきそうな気もするが。

それよりも、そろそろ講義が始まる。代返ならするからさっさと出席カードを渡してほしい。

そろそろ周囲の視線が辛くなってきた僕は北条さんにさっさとお帰りいただくため、彼女の方に手を差し出す。

「ああ、今日はいいのよ。元々講義は受けるつもりで来てるから」

な、なぜ今日に限って……？

驚愕《きょうがく》する僕を気にした様子もなく机の上にノートや筆記用具を広げ始める北条さん。

「いやあ、今日は懐が暖かいから、あんたにいつも代返してもらってるお礼をしようかなって。講義終わったらご飯行こうよ、奢ったげるから。せっかくだから西園寺さんもどう？」

「いいのかい？　……じゃあ、ご相伴に与《あずか》ろうかな」

サークル女子の誘いは断る癖に、こういう時だけ色よい返事をする西園寺。先ほどから北条さんの身体にご執心の様子だが、まさか身体目当てなんじゃないかと勘ぐってしまうほどの気軽さだ。

「おっけ〜。九号館の方で鉄板焼き定食食べましょ」

「いいねえ、九号館の学食は地味に高いからなかなか足が向かないんだよね」

僕が返事をする間もなく話はトントン拍子に進んでしまっている。

……わざわざ実質初対面の相手と食事なんてめんどくさいことこの上ないが、正直タダ飯というのは一人暮らしの学生には魅力的で抗《あらが》いがたい。

まあ、僕が黙っていても女子ふたりで勝手におしゃべりしてくれるだろう。

そういうわけで。一限、そして偶然一緒のものを取っていた二限の講義を共に受けた僕たちは、途中の移動ですれ違った佐川君他数名のサークル部員に睨《にら》まれた僕の精神に傷をつけつつ九号館の食堂へ入った。

宣言通り僕と西園寺の分の食券も購入してくれた北条さんと僕が注文の列に並び、西園寺に席を取ってもらう。

比較的新しい校舎である九号館に入っているので店内がきれいな上、テラス席も設置されているこの食堂はいつも人が多い。本日も好況なようで、急いで入ったにもかかわらずもう満席なようだ。西園寺はなんとかテーブルを押さえられたようでこちらに手を振っているのが見えた。

食券を食堂のおばちゃんに渡してしばらく待つと、じゅうじゅうと焼けた鉄板の上にのった肉野菜炒《いた》めが出てくる。

僕はお盆に自分の分と西園寺の分を受け取り、自分の分を受け取った北条さんと共に西園寺の待つテーブルに向かい定食を並べた。

「おお、これが大学外の人もわざわざ大学まで上って食べに来ると噂《うわさ》の鉄板焼き……！」

ほお。秀泉《しゅうせん》大学が丘陵の上にあるが故に登校するために坂を上ることを強いられるので、学生は大学に向かうことを大学に上ると表現するのだが、学生食堂の定食を食べるためにこの大学まで出向く人がいるとは驚きだ。

だが、確かに見た目のインパクトも、鉄板から立ちこめる食欲をそそる匂いもすばらしい。六百円は学生からするとちょっとお高いが、社会人からするとお手頃な値段なのかもしれない。

さっそくいただくと、なるほど、確かに美味《うま》い。肉にかかったタレはとてもご飯に合うし、盛られた肉野菜の上にのった卵黄を絡めると味がまろやかになって二度おいしい。

学生としてはこれでもうちょっと安かったら毎日でも食べたいのだが、まあこうやってたまに食べるぐらいがちょうどいいのだろう。

せっかくなので熱々のうちにと言わんばかりに、三人とも言葉少なく食べ続けた。

「……ふう、ごちそうさま。お腹《なか》いっぱいだ。ありがとう北条さん」

「どういたしまして。一緒にご飯食べた仲なんだし、ナツでいいわよ。夏希《なつき》だからナツ」

「ふふ、それならじゃあ。ボクは春香《はるか》だけど、好きに呼んでくれていい」

「それじゃあハルちゃんね」

女子同士の微笑《ほほえ》ましいやりとりを、食後のお茶を飲みながら眺めていると西園寺がちらりと視線を投げかけてくる。

「……君も好きに呼んでくれていいんだよ？」

別に今の呼び方で間に合ってる。

「つれないわねえ。かわいい女の子が無条件でこう言ってくれてるんだから泣いて喜ぶところでしょうに」

名前やあだ名で呼ぶことがプラスであるかのような言い方だが、あいにくと僕にとってはマイナスだ。ただでさえ佐川君や他の皆からの視線がきついのに、これ以上自分の立場を悪くする必要はないのである。

「ふうん。普通は友達付き合いよりもハルちゃんみたいなかわいい女の子と仲良くできた方がいい気がするけど」

「佐川君たちは彼にとって友達ですらないけどね」

おい、言っていいことと悪いことがあるぞ。……友達は、確かに言いすぎな感があるけど、サークルの仲間なのは間違いないじゃないか。

「そう思うならもっとサークルに溶け込みなよ」

いやあ、そうなんだけど……。めんどくさくて、つい。

「あんたそれでよくサークルの仲間なんて言えたわね……」

北条さんの呆《あき》れた様子に返す言葉もない。友達は欲しいけどそのための努力をしたくない、という志向の矛盾が昔からの僕の欠点だ。

サークルに入ったり飲み会に参加してみたり、行動してみては投げ出してしまう。結局やることが中途半端で、自分の思ったような立ち位置をとれない。

西園寺に対してそれはお前もだろうと突っ込む気力もなく地味にへこむ僕に気をつかってか、西園寺が話題を変えるように北条さんへ話を振る。

「しかし、人に奢《おご》るぐらい懐が暖かいなんてうらやましいね。割のいいバイトをしているなら紹介してくれるとうれしいのだけれど」

「いいわよ。けど、紹介はできるけどバイトじゃないの」

バイトじゃない……？　まさか、今流行《はや》りのパパ活というやつか？

「なるほど。その身体なら稼ぎ放題だろうな……」

「違うっての！　流石《さすが》にそんなことに手え出すほどお金に困ってないわよ！　……まだ」

僕らは思わず北条さんの肢体を凝視してしまうが、北条さんは自分の腕で身体を抱くようにして隠しながら否定する。

ちらりと西園寺の方を見ると目が合ったが、あれは僕と同じく身体が強調されて逆にエロいなと思っている目だ。

……ごほん。

バイトでもパパ活でもないならどうやって稼いでいるのか。

北条さんに問うと、彼女はふふん、と胸を反らした。西園寺は自然な動作でスマホを操作し、北条さんの撮影を始めた。

「これよこれ」

北条さんは西園寺の盗撮など気づかぬまま右手を前に出し、何かを握って捻《ひね》るような動作をしている。

……ふむ。つまり、パチンコ？

「そうそう！　いやあ、昨日夕方から打ったんだけど、座ってすぐ当たり始めてさあ！　オスイチってやつ？」

嬉《うれ》しそうに語る北条さん。

「パチンコね。誰か先輩に教えてもらったのかい？」

「いんや、大学に入ってから偶然好きなアニメのタイアップ機が出てるの知って。なんか限定グッズが景品になってるっていうから独学で覚えたんだ」

……ん？　つまり、僕に毎週代返を頼んでたのは、パチンコを打つためということだろうか。

「そゆこと。二限以降は出席も取らない講義ばっかりだし、一限だけ代返頼めば後は朝から打ち放題ってわけ」

ええ……。いや、遊ぶためだろうがなんだろうがどうでもいいけど、パチンコ打つためって言われるとなんか嫌な気がしてくるな……。

「ま、まああいいじゃない！　こうしてお礼もしてるわけだし！　……あぶく銭でだけど」

……。

「そ、そうだ！　ふたりとも、よければこの後一緒に打ちに行ってみない？　最初はちょっと敬遠するかもしれないけどやってみると楽しいわよ」

ジト目で北条さんを見ていると、彼女は誤魔化《ごまか》すように声を上げた。まあ過度な追及はよしておこう。

しかし、パチンコか。正直、良いイメージはない。借金をして身持ちを崩すとか、酷《ひど》いと友人家族との金の貸し借りでトラブルになるとか、そういう話をよく耳にする。

だいたい、ギャンブルというものは基本的に胴元が勝つようにできているのだ。一時の勝ち負けがあるにしても、最終的には負けるようにできているのである。短期的にはずぶの素人でも勝ちを拾えるかもしれないが、かもしれないにお札をベットできるほど僕の懐は暖かくはない。

「ううん、興味深くはあるんだけれど、何分持ち合わせがね……。日雇いバイトに時々入るぐらいな学生に、ウン万の資金は簡単には出せないなあ」

西園寺も懐事情は同じらしい。意外にも興味津々な様子ではあったが、資金不足には勝てなかったようだ。

「あら残念。まあ、負けるときは諭吉先生が何枚もお亡くなりになったりするしねえ」

「今それだけ持っていかれたら生活できなくなるな。申し訳ないけど、今回は遠慮しておくよ」

「いいっていいって！　お金がかかるのは間違いないし、無理に誘って大損させても責任取れないしさ！」

そう言いつつも、北条さんがどこか残念そうに見えるのは僕の胸中に誘いを断った故の申し訳なさがあるからだろうか。

「それじゃあ代返のお礼もできたし、あたしはそろそろ戦場に向かおうかしら」

「戦場って、もしかしてパチンコを打ちに行くのかい？　午後の講義もあるだろうに」

空になった食器を手に持ち席を立つ北条さんに呆れたように言う西園寺。あくまでも他人事であるから僕も西園寺もとやかく言う立場にないが、大学一年目の前期からいい度胸をしている。

「こういうのは流れってもんがあるからね～。勝ってるうちはどんどん勝負しないと。それじゃ、勝てたらまた奢るから。期待して待っててね！」

そう言って颯爽《さっそう》と去って行く北条さんを見ながら、西園寺がつぶやく。

「惜しいなあ。ボクにもっと貯金があれば彼女と友達になれただろうに」

なんだ、サークルの女子にはつれない態度を取る癖に北条さんとはお近づきになりたいのか。

僕の言葉に西園寺は苦笑しつつ首を横に振った。

「サークルでの交流をないがしろにするつもりは、まあないさ。ただ、北条さん——ナッとの方が仲良くなれそうだと思ったんだよ」

仲良くなれそう、か。サークルの部員たちと北条さんに差異があるとは思えない。むしろ、定例会で顔を合わせやすいサークル部員の方が仲良くなる機会はあると思うのだけれど。

「確かにそうなんだけどね……。今回は図らずも話が転がってナッの人となりも知れたからね。彼女とは上手くやれそうだったから」

どうやら西園寺にとっての友達付き合いというものはやたらと敷居が高いものらしい。北条さんのどういった部分が琴線に触れたのかはわからないが、今回は縁がなかったということだろう。僕への礼という名目での食事を一緒にした程度の縁で今後の付き合いにつながるとも思えない。

「そうだね。……しかし、実に惜しい。あの乳を間近で観賞する権利をふいにしてしまうとは。無理してでも資金を捻出すべきだったかな？」

お前本当に北条さんと仲良くする気あったの？

「冗談、冗談だよ。まあ、彼女と知己を得たということで今日はよしとしよう。ゼミでも顔を合わせるんだし、交友を深める機会はそのうち巡ってくるさ」

＊

はたして、その機会は早々に巡ってきた。

「ふたりとも、おはよう……」

「おや。おはようというよりはこんにちはかな……って。ナツ、なんかすごくテンションが低いけど、どうしたんだい？」

本日も西園寺に絡まれていた僕は、二限の講義を彼女と一緒に受け終えて昼ご飯を取るべく学食へ向かっていたのだが、その道すがらで北条さんと出会った。

北条さんは、昨日の快活な様子がなりを潜めて露骨に意気消沈といった風である。西園寺が遠慮がちに声をかけると、北条さんは小さな声で応える。

「……昨日あの後、パチンコで派手に負けちゃって」

……ああ、そういうことか。

北条さんは昨日、勝つ流れがあるうちに勝っておくようなことを言っていたが、そんなものは実際には存在しないのだ。勝つときは勝つし、負けるときは負けるのがギャンブルなのである。なんなら負けることの方が多いだろう。

これほどの消沈をみせるのだ。けっこうな額負けたに違いない。

「負け額は、諭吉四枚ぐらい……」

「ああ、かなり痛い金額だね……。パチンコって半日でそれだけ負けられるのか。けど、一昨日の勝ち分があるだろうから、それも合わせて考えればそんなに負けてないんだろう」

西園寺が痛ましそうな表情をみせつつ、北条さんにやさしく声をかける。北条さんは笑顔を作ろうとして失敗したような不出来な表情を作り、震える声で言った。

「……一昨日の勝ち額を消し飛ばした上で、諭吉四枚ぐらい負けたの」

ええ……。

＊

「いや〜、勝ち分が溶けたところで止めればよかったんだけど、ここからすぐ当てればまたプラスに持っていけるなと思ったら止まらなくて……」

北条さんを伴って学食に向かい、昼食を取りながら事情を聞く。

本日は昨日入ったお高い九号館の学食ではなく、別の場所にある安い方の学食だ。北条さんの目の前にあるのは百五十円のミニうどんに、それを憐《あわ》れんだ僕と西園寺がそれぞれ奢ったおかずの小鉢。昨日の鉄板焼き定食とは雲泥の差である。

「それで、結局なすすべもなく大当たりを得られないまま負けたと……」

「ううん。一応当たりは何度か引いてるのよ。けど、五十パーセントの壁を越えられなかったり、越えたはいいものの通常に即落ちしたりして……」

よくわからないが惜しいところまではいっていたということなのだろう。たぶん。

「そうなの！　投資がマイナスになってすぐ当たったときにせめて平均連チャンだけでもしてくれれば結果は全然違ったと思うんだけど……。いや、そもそも一番最初に確変直当たりしたときにきちんと連チャンできていれば……！」

北条さんが語っていることは半分もわからないが、経験則から言えばこういうときは下手に口を挟まずに相槌《あいづち》だけ打っているのが一番だ。相手も答えを求めちゃいないし、同じ時間を使うなら言葉数は少ない方が経済的なのである。

西園寺もその辺り心得ているのか、うんうんと頷きながら隙を見て昼食を消化している。

目線が明らかに北条の顔より下を向いていることが多い気がするが、お互いに不満はないみたいだしこれでいいのだろう。

「……はあ、しゃべってたらなんだか落ち着いちゃった。ていうかごめんね、ふたりとも。ご飯奢《おご》ってもらった上に、愚痴まで聞いてもらっちゃって」

しばらく熱く語っていた北条さんは、一通り語って気持ちが上向いたらしい。先ほどまでよりも顔色がよくなっている。

「かまわないよ。ボクらも昨日は美味《おい》しいご飯を奢ってもらったんだからね。そのお返しさ」

「ありがとう、ハルちゃん。……あ、けどその理論でいくと、代返のお礼した分がチャラになっちゃってるわよね」

落ち着いて食欲が出てきたのか、うどんをすすりはじめた北条さんは口をもぐもぐと動かしながら宙を見つめて考えはじめる。別に昨日の鉄板焼き以上のものを今さら求める気はないのだが……。

「そしたら大したものじゃないけど、これあげるわ。昨日の端玉で適当にもらってきたやつだけど」

北条さんがかばんの中から何かを取り出して、テーブルの上に置いた。見ると、たばこの箱がひとつとピエロのロゴが入った百円ライターだった。

……いや、僕は別に喫煙者ではないのだが。

「まあまあ。別に吸う気がないなら誰か喫煙者の人に安値で売ればいいでしょ。たぶん五百円ぐらいにはなると思うから」

「それは難しいかも知れないな。彼にはそんなことを持ちかけられる友達もいないだろうし」

そこ、うるさいぞ。

「あれ？　確かハルちゃんもあんたもサークル入ってるとかゼミの紹介の時に言ってなかったっけ？　それに、ゼミの人でもだれかしら声をかければたばこを吸う人のひとりやふたりいそうだけど……」

コミュ力のある人間の容赦ない言葉が僕と西園寺に突き刺さる。微妙な表情をしているであろう僕と、余計なことを言ったせいで自滅してうめいている西園寺を、北条さんが不思議そうな顔で見てくる。

……まあ、人には売らないから問題ない。このたばこはせっかくなので自分用にする。

「けど、さっき喫煙者じゃないって」

今までは喫煙者じゃなかったが、興味自体はあったのだ。せっかくなので試してみようという話である。

「そう？　それならそれでよかったわ」

しかし、吸うわけでもないたばこをもらってくるぐらいなら、その分だけでも換金してくればよかっただろうに。なんでわざわざこんなものを。

僕の何気ない問いに、北条さんは目を逸《そ》らしながら答える。

「最後に当たって出した玉で未練打ちしてたんだけど、結局当たりを引き戻せなくて……。せめて千円分は回収しようと思って残り玉数計算してたつもりだったんだけど、交換率の計算間違えちゃった……。昨日打ってた店は換金千円からだったから五百円も回収できず……」

よくわからないが文脈から推察した感じだと、未練打ちをしなかったら千円以上救えてたんじゃないだろうか。

「仕方ないのよ……！　現実を受け入れるには必要な犠牲だったの！」

また心を壊しかけている北条さんを尻目に、西園寺がしみじみと言う。

「しかし、パチンコっていうのはとんでもないね。ナツが昨日具体的にいくら負けたかは恐ろしくて聞けないけど、諭吉先生がたった一日で何人もお亡くなりになるぐらい負けられるものなのか」

不運が続いて負けがこんだら、大卒初任給ぐらいじゃ一週間も持たなそうだ。北条さんとて今回が初めての負けじゃないだろう。トータル収支なんてどうなっているやら。

「……実は生活に困るレベルでやばいのよ」

「ええ……」

なんでそんなになるまで打ち込んだんだよ……。

ちょっと引き気味の僕と西園寺に言い訳するように、北条さん——もう呼び捨てでいいか。北条が言葉を並べたてる。

「い、今までの戦績は後々に活《い》かすために記録をつけてたんだけど、どうも収支が理論値に対して下振れしてて……。理論値通りの結果が出てればむしろ収支はプラスのはずだったのよ！」

適当に打たずに努力をしているらしいのは立派なのだが、結果がこのザマではなあ……。

「で、どうするんだいナツ。今の君は素寒貧なんだろう？　バイト代が入ってくるとかそういう予定はあるのかい？」

「今はバイトしてなくて、収入ゼロなのよねえ。受験終わった直後ぐらいから先月までは地元の居酒屋で働いてたんだけど辞めちゃったし。軍資金は今までの貯金とそこでのバイト代から出してたんだけど、供給がなくなって参っちゃうわ」

合わなくて即辞めたとかじゃなく数ヶ月とは中途半端な期間だな。バイトサボってパチンコに行ってるのがバレてクビになったとか？

「そこまで堕《お》ちちゃいないわよ！　酔っ払いのセクハラが酷《ひど》いせいで何回も警察が来て外聞悪いし、バイトメンバー内の修羅場の因《もと》になってるって言われて辞めただけよ」

ええ……。

そんなサークルクラッシャーの上位互換みたいな展開あるのかよ……。いやまあ、北条のなりを見れば想像できる光景ではあるけども。

「強いて敗因を挙げるなら大学入学直前にイメチェンしたことかしらね。まったく、好きでこういう体形してる訳じゃないのに、どうして他人の人間関係に巻き込まれたり悪し様に言われたりしなきゃいけないんだか」

「バイト先が居酒屋だったのも悪かったんだろうね。……けどナツの言うこと、ちょっと分かるなあ。ボクも中高時代は色々あったから」

「ほんと世の中理不尽よねえ」

……ふたりはなにやら一般人には縁のない内容で盛り上がっている。西園寺の食いつき方を見るに、やつが交友関係に及び腰なのもその辺りが原因か。人間関係のごたごたというのは、僕が思った以上にいろいろなところに転がっているらしい。

「まあそれはそれとして。定期代なんかは親が出してくれてるからいいんだけど、お昼ご飯とかその他雑費は自腹だからマジで死活問題なのよ。次のバイトを見つけるまではパチンコで稼ぐつもりだったから、昨日の敗北がつくづく悔やまれるわ……」

パチンコで生活しようというクズな発想が出てくる時点で既におかしいと思うのだが、本人はいたって真面目そうだ。親御さんも娘がまさかこんな身の持ち崩し方をするとは想像もしなかっただろう。

「とりあえず収入が入るまで昼食は安くすませるか、最悪抜くしかないね」

「昼食抜きかあ。あたし、ちょっと燃費悪くてご飯はしっかり食べるタイプなんだけど大丈夫かしら……」

なるほど。この漫画みたいなグラマラス体形を維持するために相応のカロリーが必要なのだろう。じゃあせめて昼食代だけでも残しとけという言葉は、今さらなので言わないでおく。

とにかく、そういうことなら一刻も早く収入を得る必要があるだろう。空腹で働けませんなんてことになったら笑い話にもならない。とりあえず日雇いバイトでもするしかないな。

「日雇いもいいと思うけど、今日明日で仕事にありつけるものでもないだろう？　もっと手っ取り早い方法がある」

やたら自信ありげな西園寺に不安しかないが、聞くだけなら無料《タダ》なのでとりあえず先を促す。

「なに、簡単なことさ。定期券を払い戻して資金を確保しつつ、彼の部屋に転がり込めばいい。ボクも間違いが起きないよう監視することを口実に部屋を利用しやすくなるし一石二鳥だ」

僕を親指で示しながら得意げに語る西園寺のガバガバ理論に頭痛を覚える。

却下だ却下。北条も、ちょっと検討してそうな顔するんじゃねえよ。

「いやあ、ハルちゃんが一緒なら意外と大丈夫かなって」

意外とじゃない。

それに、僕のプライベートが脅かされる案に乗るつもりはないのだ。そんなことするぐらいなら当座の金を貸すから早急に働けと言いたい。

「それもそうね。まあ、知り合ってすぐな男の部屋に転がり込むのはあたしもちょっとどうかと思うし。第一候補は日雇いバイトだけど、一応他にも案があるのよ」

ほう。考えなしにお金を浪費する北条でも策はあるらしい。

それで、どうするつもりだろうか。

「実は、午前中の内に講義サボって手早く稼げる方法がないか調べてたんだけど……」

せめて講義に出ながら調べろよ。

突っ込む僕の言葉など気にもせず、北条はちょっと自信満々な様子でスマホを差し出してくる。僕と西園寺が画面を覗《のぞ》いてみると、どうやら何かのホームページらしい。しかし……これは……。

「ふむ、これは有名なアダルトサイトだね。こういうオークションやってたんだ、ここ」

そう。北条が開いているサイトはＡＶとか大人のおもちゃとか同人誌とかを売っている名の知れたアダルト系の販売サイトだ。真っ昼間の大学構内でこんなサイトを開く胆力に驚嘆する。

どうやらサービスの一環としてオークションをやっているらしい。

けれど、物を売るならそういうのに特化したフリマアプリとかオークションサイトなんかがあるはずだが、わざわざアダルトサイトで売る必要があるのだろうか？

「そりゃあもちろんよ。この中のカテゴリーにね……」

北条がページを操作していくと、オークションにかけられる商品のカテゴリが細分化されていく。素人、と表示されたカテゴリーを開くと、下着姿の女性の写真がずらっと表示された。

「おいおいおいおい。もしかして使用済み下着を売るつもりかい？」

「……顔出しはさすがにしないけど、首から下だけとか顔にモザイクかけたりすればいけるかなって。オークション形式だから当たれば一発でかなりの額になるかも」

思った以上にマジな顔をしている北条に西園寺が引きつった顔をする。

「いやいやいやいや、流石《さすが》にどうかと思うよ……？　余所《よそ》で売るぐらいならボクが買うから」

「それはそれで怖いわ……。冗談よ冗談。流石にこういうのにまで手を出すつもりはないから」

そう言ってけらけら笑う北条にため息を吐《つ》く西園寺。知人を止められてホッとしているのだろう、たぶん。

しかし、なんだやらないのか。今ざっと調べてみた感じだと使用済み下着の売買に違法性はなさそうだし、過剰な数じゃなければ生活用動産扱い？　とか言って所得税がかからない可能性が高いらしいからおいしい商売だと思ったのだけれど。

「……それ、マジ？」

「おい！　人がせっかく引き留めたのに悪い方向に持って行こうとしないでくれるか!?」

僕は実行する上での問題点を確認しただけだ。確かに外聞は悪いかもしれないが、損得を吟味して決めるのは北条自身である。

「そんな他人事みたいに……」

なにせ他人事である。北条が下着を小汚いおっさんに売ろうが、そのおっさんが北条の下着をどう使おうが関係ないし僕は困らない。

「そういう表現されるとやりたくなくなるわね……。元からやる気はないけど」

僕の突き放した言葉に、北条はあっさりと引き下がった。ちょっと未練がありそうに見えなくもないが、本人がそう言うのならこの話はなしだ。

「はあ、ボクだけ無駄に神経すり減らした気がするよ……。君も、ツンデレみたいなことやってないで素直に引き留めろよ」

僕にそんな要素はない。本人にリスクを背負う覚悟があれば稼げる見込みが高いのは間違いないのだから。

結局のところ、真面目に働くしか生きる術《すべ》はないのだ。諦めて労働に励めばいい。

「日雇いバイトならボクも時々入ってるから、そこを紹介するよ」

「ほんと？　それじゃあたしもそこにしようかな……。ハルちゃんお願いできる？」

「かまわないとも」

ちょうど昼休みが終わることもあり、話はそこで切り上げとなった。

その後、別々の講義を受けるために別れた後、僕たちは再び合流した。僕自身は別に合流する気はなかったが、この後僕が向かう場所を聞いて勝手にふたりがついてきたのだ。無駄に目立つのであまりついてきてほしくはなかったが仕方がない。

目的地は、九号館食堂のテラスの先にある隔離された空間。喫煙スペースである。

せっかく手に入れたたばこなのでさっそく吸ってみようという魂胆だ。

ちらほらと先客がいたので彼らを避けるようにスペースの隅っこに陣取る。案の定じろじろと見られてやり辛いったらありゃしない。

「健康に悪いとはわかっていても、一度は試してみたくなるのが人の性《さが》だよね」

「わかる〜。それに、赤信号皆で渡れば怖くない、みたいな？」

僕がたばこの封を開くのに苦戦している横で頭の悪い会話をしつつも、ふたりは興味津々といった感じでのぞき込んでくる。

不器用に中の銀紙を破いてやっとこさたばこを取り出すと、さっと手がふたつ伸びてきて一本ずつ抜き去っていく。

一応僕の物になったたばこなんだが……。

「まあまあ、貰《もら》いたばこってやつよ」

「全部消費できるとも限らないんだからいいじゃないか」

いまいち納得いかないが、まあいいだろう。僕も一本たばこを取り出し口に咥《くわ》える。

ライターを取り出して火をつけようとすると、たばこを咥えた顔がふたつ寄ってきた。

……いや、邪魔だから顔を退《ど》けろ。

「せっかくだから皆で一緒にデビューしちゃおうよ」

「そうそう、抜け駆けは良くない」

こんなことに抜け駆けもくそもあるか。……ええい、仕方ない。

ふたりが引く様子もないので僕もいやいや顔を寄せる。……よし、いくぞ。

僕たちはライターの火にたばこの先端を突き出し、大きく息を吸い込む。

そして、同時に盛大にむせた。

三人の口から吐き出された煙で僕たちの周囲は大惨事だ。

「げほっ、げほっ！　何これまっず⁉」

「……初めてのたばこは美味《おい》しくないとは聞きかじっていたけれど、こりゃあきついな。

何本も吸える気がしないね」

ある意味予想通りの展開だが、ここまでとは思わなかった。調べたところ、北条の持ってきた銘柄は比較的初心者向けでタールやニコチンの量も少ない物らしかったので大丈夫だと思ったのだが。

まあ最初はこんなもんでも吸っていれば美味しくなるのかもしれない。捨てるのももったいないしなんとか吸いきってみよう。

そういうわけで僕たちはそれぞれ頑張ってたばこを消化し始めたのだが、全員が顔を突き合わせてしかめっ面で吸う酷《ひど》い絵面になっていた。

「これは三人がかりでも一箱吸いきるのにどれだけかかるかわからないなあ」

西園寺のぼやきに僕と北条が無言でうなずいていると、喫煙スペースに人が入ってきた。

「あれ？　西園寺さんと北条さんと……。珍しい組み合わせに珍しいところで会うね。……というかどうしたの？　みんな不景気そうな顔して」

入ってきた女性は僕たちの存在に気がつくと、目を丸くしながら声をかけてきた。

「ああ、東雲《しののめ》さんか。最近ちょっと縁があってね」

「お疲れ～。ちょっと理由があって三人でたばこデビューしてみたんだけど、惨敗したところなのよねえ」

「そういうことか。吸ってる私が言うのもなんだけど、たばこはあんまりおすすめできないなあ」

そう言いながら東雲さんはたばことジッポライターを取り出すと、慣れた手つきでたばこに火をつけた。吸い込んだ煙をゆっくりと吐き出す様は堂に入っていて、年季を感じさせる。

ぱっと見、男性平均身長ぐらいの僕と同じぐらいに見えるから、女性としては身長が高い部類だろう。肩まで伸びた栗色《くりいろ》の髪に大人びた容貌、洒落《しゃれ》たパンツルック。たばこ片手に立っている姿が絵になる女性だった。

僕は彼女に気づかれぬよう西園寺にアイコンタクトをすると、それに気がついた西園寺は一瞬呆《あき》れたような表情をした後、片手でささっとスマホを操作する。

僕もなるべく自然な動作になるよう心がけつつスマホを取り出し西園寺からのメッセージを確認した。

『彼女は東雲冬実《ふゆみ》さん。ボクらのゼミの同期だよ。君は本当に人の顔を覚えないんだね……』

なるほどやはり。得心してうなずく僕を西園寺が半眼になって見ているが気にしない。やれと言われてできたら宿題を忘れる学生も働かないニートも存在しないのである。

しかし、東雲さんは僕たちと違って美味そうにたばこを吸っている。何か上手に吸うためのコツみたいなものがあるのだろうか？

「結局慣れだからね。何回も吸ってれば美味しく感じてくると思うけど。吸い方に気をつければちょっとマシになるかな」

「ふむ。できればその上手な吸い方というのをご教授いただけないかな」

「いいよ、そんな難しいことでもないし。たばこっていうのは燃やすときの温度が低いほど良い味が出るんだよ。だから、勢いよく吸ったりしないでゆっくり吸う方がいいんだ。たばこを咥えながらも、普通に呼吸をするような感じっていうのかな」

言われたとおりにゆっくりと呼吸をするよう意識して吸い込むと、煙の吸入量が減り先ほどのようにむせることなく吸うことができた。肺の中に空気以外のものが入ってくるような違和感は拭えないけれど。

なるほど。これなら醜態をさらすことなくたばこを吸えそうである。

「ほんとだ。吸い方ひとつで変わるものなんだね」

西園寺が煙を吐き出してから感嘆の声を上げる。

「東雲さんは吸い慣れて見えるけど、前から吸ってるの？」

北条の言葉に、大学一年生の僕らが考えちゃいけない疑問が湧き出てくるが口を衝《つ》く前に西園寺が目で制止してきた。

いけないいけない。僕たちはたばこもお酒もオッケーな歳《とし》だった。大学一年生はみんなにじゅっさい。この世界はそういう設定なのだ、うん。

北条の問いにたばこの煙をゆっくりと吐き出してから東雲さんが答えた。

「吸い始めて一年ぐらいかな。予備校時代に手を出してね」

「あ、もしかしなくても年上？」

「皆がストレートで入ってるならそうなるかな。別に年齢は気にしなくて大丈夫だよ。私よりも上の年齢で大学入る人もけっこういるっていうし」

「そう？　じゃあ親しみを込めてシノちゃんね」

微妙な話題を軽い感じで流して東雲さんの懐に入っていく北条。このコミュ力の高さと男女問わず人目を引きすぎる見た目が周囲の人間関係をぶち壊すのだろう。サークルクラッシャー体質とパチンカスで金がないのを除けばゼミやサークルの中心にいるような女だと思うのだが。

西園寺の場合はただでさえ昨今は受け入れられづらい大酒飲みなのに、交友関係の狭いコミュ障なのでとても人をまとめ上げることなぞできまい。

「やっぱり誰かに影響されて吸い始めた感じ？　彼氏とか」

無邪気に聞く北条に対して、東雲さんはあっさりと答える。

「誰かに教え込まれたわけじゃないけど、強いて言えば死んだ弟かな。このジッポも形見のやつだし」

「えっ……」

兄じゃなくて弟なのか。東雲さんは真っ当に見えるし家族に不良がいるイメージも湧かないのだが。

「どちらかというとおとなしい、普通の子だったんだけどね。まあ実際吸ってたかどうかはわからないんだ。遺品整理の時にエロ本と一緒に未開封のたばことこのジッポが出てきて、そうだったのかなって」

たばこが見つかるよりエロ本が見つかる方がつらいな……。やっぱり時代はデジタルということか。

「私もエロ本は親に見せられなくてこっそり捨てたよ。たばことジッポの方は私がもらい受けたんだけどね」

「……平然とそのボールを投げ返せる君には感服するよ。見たまえよ、リアクションに困って固まってるナツの姿を」

呆れた目で見てくる西園寺。確かに北条が引きつった顔で口を半開きにしていて面白い。本人が普通に話してるんだから問題あるまい。別に僕が地雷を踏み抜いたわけでもないし。

「彼の言う通り、別に気にしなくていいよ。一年も経てばこっちも気持ちの整理がついてるし。まあ、当時はけっこう取り乱しちゃって。受験も散々で浪人するはめになったんだけどね」

「……いやあ、そんなさっくり重い球投げつけられても」

ははは、と軽い感じで笑う東雲に対して再起動した北条がうめくようにして返す。

「ま、私のことは気にしないでよ。三人はなんでたばこなんか手を出したの？」

「あ、ああ。実は……」

西園寺が北条がたばこを持ち込んだいきさつを説明した。

「なるほどねえ。じゃあ、バイト紹介しようか？　不定期だけどけっこう割はいいと思うよ」

二本目のたばこに火をつけた東雲さんからの思いがけない提案に北条が食いつく。

「マジ？　どんな仕事？」

「一応モデルってことになるのかな？　有名雑誌とかに載るようなやつじゃないけど。従姉妹《いとこ》が撮影スタジオやっててね。スタジオの貸し出しだけじゃ儲《もう》からないから時々宣材の撮影とか引き受けてるんだ。この服も撮影に使ったのをそのまま貰ったやつ」

「へえ、そうするとシノもそこでモデルやってるのか。美人でスタイルもいいしね」

「身内だから急な依頼で使いやすいってだけだよ」

東雲さんは表情も変えずに謙遜してみせるが、立ち振る舞いを見れば納得の人選ではある。この季節でも長袖なのは日焼け対策ってことか。

「いや、別にそんなつもりはないんだよね。夏服を出したり選んだりがめんどくさくて着てるだけだから。私、汗とかかかないタイプだし」

違うのかよ。

「まあ気にした方がよくはあるけど、最近は加工でなんとでもなるしねえ」

それでいいのか……。

「少なくともクレームは来てないらしいし、大丈夫じゃないかな」

じゃあ……いいか。けど、北条にモデルなんてできるのだろうか。顔はともかく体形が常人離れしすぎてて使いどころが難しい気もするが。

「体形の話は余計だっての！」

「大丈夫大丈夫。普通のファッションモデルみたいなのはちょっと難しいかもだけど、うちは何でもやるから需要はあるよ。夏希レベルじゃないけど胸の大きな人も仕事してたし。……ちょうどその人の写真も。ほら」

そう言って東雲さんはかばんを漁《あさ》り、取り出したＤＶＤケースを僕に手渡してきた。

受け取ったＤＶＤケースの表面を何気なく見てみると、大きな胸の女性のバストアップ写真が移っていた。

裸の。

……ていうかこれAVじゃねーか！

咄嗟《とっさ》に渡されたAVを隠しつつ周囲を確認するが、僕らが端っこにいて且つ僕自身が壁になっていたので周囲に見とがめられることはなかった。よかった。こんな公共の場でAV持ってるのを見られたらどうなるかわかったもんじゃない。

「お、この前デビューした娘《こ》のやつじゃないか。ちょっと気になっててレンタルショップで借りようか悩んでたやつだ」

西園寺が謎の食いつきを見せるが、北条の顔は引きつっている。

「いやあ、あたし、初めては普通に終えたいなって……」

「違う違う。AVとかはやってないよ。これは従姉妹の会社を辞めた後に本人からもらったやつ。こっちに専念するっていうからこの人がやってた仕事をやる人がいなくて。ああ、そのAVは君にあげるよ。私も両親がいる家で見るわけにはいかないから。それに、ちゃんと使ってくれる人のところにあった方がこのAVもうかばれるだろうし、本人のサイン付きだから価値も高いよ」

使わない。

というか、女からもらったAVなんてどう処理しろというのだ。

僕はセクハラじみた発言と共にとんでもないものをプレゼントしてくれた東雲のことを睨みつけるが、本人は何も悪いことはしていないと言わんばかりに平然とたばこを吹かしている。もしかしたら本当に悪気のない行動なのかもしれない。

ちょっとした出来心で飲み会の誘いを受けてからというもの、ろくなやつに出会わない。いや、僕が知らないだけで大学という場所にはこういうやつしかいないのだろうか。

「まあまあ、せっかくもらったんだから見ないのは勿体《もったい》ないだろう？　使う気がないならせめて皆で酒を飲みながら鑑賞しようじゃないか」

それは西園寺が見たいだけだろうが。しょうがない。酒の肴《さかな》にしたらサークルの誰かに売りつけるとしよう。サイン付きなら定価以上で売れるはずだ。たぶん。

「とりあえず、従姉妹には話を通しておくから予定が決まったら連絡するよ。時間についてはある程度調整効くと思うから」

＊

東雲から提案を受けた翌日には連絡が入り、週末そのスタジオにお邪魔することになった。

撮影には北条だけでなく西園寺も誘われ、ついでに僕もアシスタントという名の雑用として雇ってもらえることになった。

もともと今回のバイトは北条たちが対象で話が進んでいたので僕はほぼ他人事な気分で話を聞いていて、もちろんついていく気もなかったのだが、ちゃんと給料が入るバイトということであればありがたく参加させていただくことにする。家計がかつかつの貧乏学生には願ってもない話である。

週末の朝、三人揃《そろ》って僕の家からバイト先のスタジオに向けて出発した。

前日の夕方に、収入の前祝いと称して北条を引き連れた西園寺がおしかけてきて酒盛りをはじめた挙げ句、家主である僕を酔い潰してなし崩しで泊まり込みやがった結果である。西園寺にはそのうち復讐《ふくしゅう》せねばなるまい。

大学最寄り駅から電車に乗り、数駅離れたこの辺で最も栄えている某駅に降り立つ。

駅ビルが建ち並び、人通りが煩わしい駅前から大通りをまっすぐ進み、目印として聞いていたコンビニの手前で折れる。しばらく進んだ先、目的地の目の前に東雲が立っていた。

「やあ」

今日は日差しが強く外にいるだけで軽く汗をかくぐらいなのだが、片手をあげて僕たちを迎え入れた東雲は相変わらず長袖パンツルックなのに涼しげだ。

「このビルが丸々撮影スタジオ兼事務所なんだ。中で社長が待ってるから」

「はえ〜、ビル丸々ってすごいわね。その社長さんが例の従姉妹さん？」

「そうそう。ちょっと無理して借りたせいでやり繰りが大変らしいんだけどね」

東雲に先導されて入ったビルの一階が受付兼オフィスらしい。手前はショップの受付のようなスペースとテーブルやソファーが置いてあり、受付の奥にはデスクが並んでいて私服の女性たちが何人も動き回っている。

一番奥のデスクに座ってパソコンを叩《たた》いていた女性が僕たちに気がついて席を立ち、こちらに近づいてくる。

「どーもどーも。私が冬実の従姉妹で、このスタジオ・コスパーティー社長の卯月三代《うづきみしろ》です。今日はよろしくねえ」

女性の年齢判別をするのは失礼だが、ぱっと見は二十代半ば程度で社長というには若い人だった。スーツ姿ではないが、パンツルックに化粧をばっちり決めていて、美人キャリアウーマンという言葉がぴったりな人である。

「よろしくお願いします。そんな名前を付けていらっしゃるということは、コスプレ専門のスタジオなんですか？」

西園寺の質問に卯月さんは苦笑しながら答える。

「私も今いる社員も元々レイヤーとかカメコだし、そうしたかったんだけどねえ。立地とか福利厚生とかこだわりすぎてそうも言ってられなくなっちゃったのよ。勢いだけじゃやっぱり駄目ねえ」

それでも会社を続けていられるのは立派だと思うが、学生でしかない僕たちにはわからない苦労があるのかもしれない。

「けど、冬実の言う通りやばいぐらいの逸材で嬉《うれ》しいわあ。北条さんも西園寺さんも、色々着せたくなってくるわね。肉体労働担当も付いてきて今日は何でもできそう！」

い、いや、あの。仕事なら指示されたことはやるつもりですし、たいていのことで文句を言うつもりもないのですが、言い方が不穏すぎませんか……？

「ごめんごめん。そんな極端な力仕事とかはないから安心してちょうだい。ただ、うちは男性社員がいないから男手があるのとないのとじゃできることも変わってくるし」

ああ、そういう……。

「女ばかりの仲間内で始めたせいで今更入れづらいところがあるのよねえ。入ってくる方も内輪で固まった異性ばかりじゃ気まずいだろうし。普段はそれでなんとかなるんだけど、撮影の時に単発で入ってくれるなら助かっちゃうわあ」

なるほど。それなら僕も都合がいい。適度な感じに仕事を入れてくれれば日雇いの仕事を選り好《ごの》みして入らなくて済むというものだ。

「お互いウィンウィンというわけね。冬実の紹介なら人柄は保証済みみたいなものだし、能力次第では正社員採用もしちゃうわよ」

それはノーセンキューでお願いしたい。フルタイムでその環境に居続ける自信は僕にはない。

「そうかな？　君なら空気とか読まずに平然と仕事できそうだとボクは思うけど」

人のことをなんだと思ってやがる。ただでさえ大学でも孤立しかけてるのに社会に出てからも進んで孤立しやすい環境に身を置いてたまるか。

「私もいけると思うけどな。春香と夏希とはよく一緒にいるんでしょ？　こういう環境はまったく問題なさそうだけど。君、才能あるよ」

どんな才能だ。そんなものはいらないし、こいつらと連《つる》み始めたのもつい最近のことである。

「まあまあ、まだこれから働き始めるところなんだし、お互いゆっくり相手のことを知っていけばいいじゃない」

なんで北条がまとめてるんだ。お見合いおばさんみたいなことを言うんじゃない。

襲いかかってきた北条をなんとか撃退しつつ、さっそく仕事にとりかかる。

本日の撮影は、とあるアパレルブランドから依頼された秋物の宣材撮影らしい。胸の大きな女性向けのブランドということで、北条にはうってつけの内容だ。目立つ北条に隠れがちだが、十分条件の範疇《はんちゅう》にいる西園寺も衣装を身に纏い、カメラの前でポーズを決めている。

しっかりとメイクを施された西園寺と北条は、昨夜の惨状とは別人のようだった。

「良いわ良いわあ。ふたりともやっぱり絵になるわね！　西園寺さん、次は後ろを向いて振り返るように。そう！　完璧！」

直々にカメラを構えた卯月社長はハイテンションでふたりのことを褒めちぎりながらシャッターを切っている。専門の人間は用意できないためメイクもカメラマンもすべて社員でまかなっているらしい。趣味が高じて作られた会社だけに器用なものである。

僕はといえば、東雲と一緒に衣装ケース等の荷物を動かしたり、レフ板を掲げたりと文字通り雑務に専念している。社長に指示されるがまま、彼女の手足となって動いているが、難しいことをしているわけでもないので楽な仕事である。

待ち時間で衣装を替えながら、交代でカメラの前に立つ西園寺と北条は、社長の褒め言葉に乗せられて満面の笑みをカメラに向けている。

「こういった撮影の時、モデルの表情を引き出すのがカメラマンの腕の見せ所だって言わ

れるけど、三代さんは昔からその辺すごく上手《うま》いんだよね」

一緒に裏方をこなしていた東雲の言葉にうなずく。こういう人が上にいるから会社がまとまっているんだなと感心して見ていたのだが、次第に雲行きが怪しくなっていく。

「よし、これでノルマは終わりね。……もし二人がよければ、他の撮影も入っていかない？　お給金も弾むわよお？」

ノリにノせられているふたりは即座に了承した。次の撮影はコスプレ衣装のサンプル写真だという。

スタジオでレンタルしているコスプレ衣装は、服飾担当の社員が新しいアニメや流行《はや》りの漫画が出る度に作るため、延々と増えていくらしい。

最初のうちは東雲も入って三人で衣装を消化していったのだが、だんだんと北条の撮影割合が増えていった。元々AV女優になった巨乳モデルの代役という名目だったので、その人の担当分が溜《た》まっていたのだろう。

卯月社長と、いつの間にか外野に回っていた西園寺に褒めちぎられて機嫌のよい北条は気にもとめずに撮影を続けているが、次第に衣装が制服系やアイドル風のしっかり着込むものから、スリットの入ったチャイナ服みたいなものやミニスカートなど露出が多いものになっていく。

調子に乗った西園寺が胸を寄せさせたり際どい角度にカメラを構えさせたりやりたい放題だが、北条自身を含め誰も止める者がいないのである。

気がついたときには激しく動いただけで色々とこぼれてしまいそうなぎりぎりの衣装で撮影している有様だった。

正直、本人の私服の露出度が高いものだから全然違和感がなかった……。

「あれが三代さんのいつもの手なんだ。モデルを上手におだてて機嫌良く仕事をさせつつ、徐々に過激な衣装にシフトさせていくんだよ。三代さんが男だったらと思うと身内ながら恐ろしいよ」

自分の番を終えて戻ってきた東雲が畏怖の念を込めつつ説明してくれるが、ろくでもない話である。というか、企業の使う宣材とかサンプルであんな過激な衣装が必要なのだろうか。

「もちろん使わないよ。あれはあくまでプライベート用だからね」

既に業務ですらないじゃねえか。まあ、給料が出るなら僕は文句ないけれど。北条だって、普段から露出過多なのだ。あの程度は許容範囲内だろう。たぶん。

「北条さん、最高だったわあ！　今日は過去一の出来映えよ！　……それでなんだけど、北条さんにしかできない、特別な撮影があるの」

「いや～、ありがとうございます！　あたしにできることならやりますよ！」

おだてられて上機嫌で木に登っているホルスタイン（北条が牛柄のビキニを着ているからで他意はない）は特に考えることもなく即答する。

「ほんとお？　ありがと～！　それじゃ、これを着てほしいんだけど……」

卯月社長が取り出したのは、どうみても下着だった。

「えっ……。いやあ、それはちょっと……」

ここまで順調にノせられてきた北条も、流石《さすが》に躊躇《ちゆうちよ》した様子を見せる。今着てるビキニの方が余程過激だし、元々下着売買にまで手を出そうとしていたのだから今更だと思うのだが。

「お願いよお。前の娘が辞めちゃってから条件に合う娘がいなくて……。北条さんだけが頼りなの」

「ええ～、だけどなあ」

「お願い！　今ならこれだけお給料出すし、撮影に使った下着もプレゼントしちゃう！」

「やります！」

卯月社長がどこからともなく取り出した電卓を叩いて北条に見せると、目の色を変えて即答した。

一応止めておいてやるけどいいのか？　顔出しで下着姿をさらすことになるのだが。

「全然オッケーよ！　これで薄い財布の中からお金を出してブラのサイズを更新する作業から解放されるわ……」

ああ、そっちなんだ……。

卯月社長のことを菩薩《ぼさつ》か何かのように拝み、歓喜のあまり涙を流さんばかりの北条だが、その菩薩の表情はすべて計画通りと言わんばかりに邪悪だ。

さて、本人がその気であるなら僕からはもうなにも言うまい。せめてもの礼儀としてこの撮影はパスしてスタジオの外で待機することにしよう。

「アシスタントォ！　ぼさっとしてないでさっさと準備してよね！」

え、いや、流石に僕は遠慮すべきだと思うんだが、北条お前いいのかよ。

「モデルを待たせて気でも変わったらどうするんだ！　きりきり動きたまえよ！」

なんで西園寺はそっち側なんだよ……。お前下着売りの時は止めてたじゃないか。

「あれは企業が入ってるとはいえ個人売買だし、方向性に問題があったからさ。友人として止めるのは当然だったけど、これはあくまで仕事としての撮影だし、身元のしっかりした企業相手だろう？　止める必要はないね。それにこんなえっ……、もとい珍しい撮影をかぶりつきで見られる機会なんて滅多にないじゃないか」

友情と私欲の不等式が成立する様をまざまざと見せつけられた気分だ。流石に欲望漏れすぎじゃないだろうか……。

ええい、やればいいんだろう。後で冷静になった北条からクレームが入ってもすべて会社に責任を押しつけてやる。

「いやあ面白いことになったね。みんなを紹介した甲斐《かい》があったよ」

東雲もなに他人事みたいにしてやがる。お前もアシスタントに入るんだよ。こうなればお前も一蓮托生《いちれんたくしょう》だ。

「もちろん手伝う。こんな面白おかしい現場、参加しないと損だよ」

＊

ふう……、まずっ。

その日の夜、僕は自宅のベランダでたばこをふかしていた。受け取ってしまった手前、なにがなんでも箱の中身を吸いきらなければならないという義務感で消化しているが、まだ美味《おい》しく吸える日は遠いらしい。

結局その日は夕方近くまで撮影が続いた。僕も初回サービスということで雑用にしては割の良い額のバイト代をいただいたし、モデルとなったふたりはけっこうな額を受け取ったようだ。特に北条は帰りの道すがら厚みがわかるぐらいの封筒を眺めて終始にやにやしていた。

撮影後にはちょっと正気に返って頭を抱えていたが、諭吉の魔力には勝てなかったようである。

中身がいつまで持つのかは見ものだが。

そして、帰りがけに西園寺の提案で飲みに行くことになり、東雲も誘って四人で居酒屋にくり出して本日の労をねぎらった。

大学近くの駅まで戻ってきた時点で察しは付いていたが、二次会は当然のように我が家である。今は西園寺と北条が男性器に左曲がりが多いと言われるのはなぜかという議論を白熱させており、なんとなく身の危険を感じたため待避しているところだ。

手持ち無沙汰な時間を潰すためにたばこを吹かしながら渋い顔で月を眺めていると、背後でガラス戸が開くと共に東雲の声がした。

「やあ、お風呂ありがとう。……おお、ベランダが広いね。ビーチチェアまで置いてあって贅沢《ぜいたく》だ。これ使ってもいい？」

今は誰も使っていないのだ。別にかまわない。

「それじゃお言葉に甘えて」

振り向きもせず了承すると、ぎしりとチェアが軋《きし》み、すぐさまたばこに火をつける音が続いた。

「……ふう。最上階の角部屋で、風呂トイレ別でもすごいのに、けっこう高いんじゃないの？　ここ」

最上階と言ってもここは二階建てである。まあ確かに本来はとても手が出るような物件ではない。なんならこの部屋と隣に限っては防音仕様であるため、新卒社会人でも住むことはできまい。

「うわあ、やっぱりそんなにするんだ……。こんな部屋に住めるってことは、君がお金持ちなのか、それともとんでもない事故物件なのか……」

残念ながらどちらでもない。ちょっとした伝手《つて》があって、大家の婆《ばあ》ちゃんの小間使いになることを条件に格安で入居させてもらえたのだ。このベランダの正面に見える庭付き一戸建てに住んでいるものだから、しょっちゅう召集されるのが欠点だが、快適な生活を送れるのであればまあ安い代償だろう。

「へえ、そんな漫画みたいな展開あるんだね」

あるのだ、それが。この世界は物語《フィクション》らしいから、そういうこともあるだろう。

「ああ、飲み会の時の……。この物語に登場する大学生は皆成人しているからお酒もたばこもエッチなシーンも問題なし、だっけ？　さあ乾杯って時に急に春香の口上が始まるからどうしたのかと思ったよ」

西園寺曰《いわ》く、大学生が大学生らしくいるための魔法の言葉なんだと。言葉の出所を考えるといかがなものかと思うが、まあ今の僕たちに刺さるものがあることは否定できない。

「ああ、確かに。大学生って中途半端だからね。講義は自由に決められたりして、高校まで
より自分のやりたいことができるようになったのに、扱いは子供だし。学費とか出してもらってるせいかな」

中には奨学金とか使って自分で支払っているやつもいるのだろうけれど。だが、親の力に一切頼らず完全に自立している大学生がどれだけいるのかはわからない。

新入生歓迎会とかで居酒屋に行って酒を飲んだりするのは大人感あるんだけどな。ほんの何ヶ月か前まで高校に通っていたというのに。

「今は断ればいい話だけど、昔はけっこう勧められたりしたっていうしね」

そうそう。

……この話題は僕たちに都合が悪い気がするからあまり深掘りするのは止めておこう、うん。

　とにかく、創作の世界でならご都合主義な展開も、年齢設定のガバもなんでも有りということだ。東雲にだってそういうところはあるだろう。弟の形見のジッポでたばこを吸う大学生なんてそうそういない。実に物語的だ。

「ああ、それね。……前に話したときは言わなかったんだけど、このジッポは元々父さんの物だし、弟にたばこを勧めたのもそもそも父さんなんだよね」

「……はあ？」

　とんでもねえ話が出てきて、思わず振り返る。チェアに寝そべって涼みながらたばこを吹かす東雲は苦笑しながら続ける。

「遺品整理の時にたばことジッポは隠してたんだけど、整理が終わる頃急に父さんがジッポがない！って騒ぎ出してさ。訳を聞いたらこっそり自分のジッポライターをプレゼントしてたことを告白し始めてね。父さんは酒は弱くて飲めないんだけどヘビースモーカーでさ。成人した子供と一緒にお酒を飲んで感慨に浸るみたいなことできないのが不満だったらしくて、せめて一緒にたばこを吸いたいって思ってたらしいんだよ」

　……いや、弟さんが亡くなったのは東雲が大学受験の時という話だ。その弟が成人しているはずがない。そんな相手にライターはともかくたばこを渡したと？

「弟は私の一個下だったよ。まあ、父さんも流石にそこまではしなかったみたい。誕生日プレゼント代わりに自分のお古のジッポだけ渡して、大人になったらこれでたばこを吸えって言ってたんだって」

　はははあ。東雲のお父様の言い分が正しいのであれば、たばこ自体は弟が購入したと。まあそんな話までされて本人に興味があったのなら、成人まで耐えられなかったのだろう。

「そういうことだと思う。……実際はわからないけど、たぶん弟は本当に吸ってはいなかったと思うんだよね。灰皿みたいな物は見つからなかったし、こっそり吸ってればなんだかんだバレてたと思う。けど、その話を聞いた母さんに当然ぶち切れられて、あやうく家庭崩壊するところだったよ」

　それは残念ながら当然なんだよなあ。家族が亡くなったうえ一家離散なんて洒落《しゃれ》にならない。

「本当にね。で、偶然ジッポを見つけたふりして出してみせて、形見分けってことで私がもらい受けたんだ。……その時は隠したけど、たばこも出してたら本当に離婚してたかも」

　それが正解だろう。わざわざ話をややこしくする必要はないのだ。

「ね。まあそういうわけで、結局私も興味を抑えられなくて吸い始めたってわけ。そんな大したことない理由でしょ？」

　いやまあ、大したことないことはないと思うが……。一気に話が緩くなったなあ。湿っぽいだけの話よりは余程マシか。

……で、話に流されて聞きそびれたのだが。

「ん？　なに？」

なんでパンイチなんだよお前は。

話に引っ張り込まれてつい突っ込むタイミングを逃していたことを改めて問う。チェアに寝そべりたばこを吹かしている東雲は、パンツ一枚しか身に纏《まと》っていなかった。肩にかけたバスタオルで胸を器用に隠しているが、色々とこぼれてしまいそうで気が気でない。

正面が大家さんの敷地であるため覗かれる心配はないとは思うが、絶対というわけではないのだ。

余所《よそ》から見咎《みとが》められて痴女が出るとか噂《うわさ》されたらたまらない。

「いや、これには深いわけがあるんだ」

東雲はたばこの灰を手元の灰皿に落としながら動じることもなく言った。

お前が他人の家のベランダで露出行為をすることにどういった理由があると？

「私があまり汗をかかないってことは話したと思うけど、逆に言うと汗をかけないせいで熱の放出が上手くできなくてね。お酒を飲んだりお風呂に入ったりしたらどうしても身体が熱を溜《た》め込んじゃうんだ。だから、できるだけ露出面積を増やして、涼しい場所で身体を冷やしてるってわけ」

……なるほど、理由がないわけじゃないことはわかった。

しかし、それならクーラーの効いた部屋で扇風機の前にでも居座ればいいじゃないか。わざわざ外にいる必要はない。

「だって、部屋の中だとたばこが吸えないから」

それぐらい服を着てからにしろ！

「まあまあ。けど、そういう意味じゃこの部屋は理想的なんだよ。ベランダは広くて寝転がりながらゆっくりたばこが吸えるし、実家じゃこんなことできないからね。春香が都合が良い部屋って太鼓判を押すわけだよ。夏希もこれで終バス後もパチンコが打てる！って喜んでた」

あいつら、僕の部屋をそんな風に言ってたのか……。ちょっと甘い目で見ていたが、容赦すべきではなかったのかもしれない。僕が今後の対応について検討していると、東雲ははにかんだような笑みを浮かべて続ける。

「……喫煙者って大学にもあまりいないし、友達からもこれに関してはちょっと敬遠されてる感じだったから、みんなが気にせず連んでくれるのがありがたいんだよね。不謹慎だけど今日の仕事も久しぶりに友達とはしゃげて嬉しかったんだ」

や、やめろ。急に家から追い出し辛くなるようなことを語り始めるんじゃない……。

……わかった、わかりました。あんまり外聞が悪いことをしていると僕が部屋を追い出されるからマジで気をつけてくれよ。

「ありがとう。大丈夫だよ。真っ昼間からこんなことはそうそうしないって」

僕の言葉を聞いた東雲は先ほどまでの影のある表情が嘘《うそ》のように消え去りにこりと微笑《ほほえ》む。

……他人の感情の機微に疎い僕には演技なのか素なのかはまったくわからなかった。犯罪すれすれの露出癖といい、この女が三人の中で一番ヤバいやつかもしれない。

「さて、ニコチンも補給したし、部屋に戻ろうか。春香がＡＶ鑑賞会をするってお待ちかねだよ」

そう言って部屋に戻っていく東雲。……僕のたばこはとっくに吸い終えていたが、何だかもう一本吸いたくなってきた。

もう一本たばこを取り出し火をつけようとしたが、待ちかねた西園寺が顔を出してきて部屋の中に引っ張り込まれる。

僕はテレビ正面のソファーに配置され、純粋な子供のようにきらきらと目を輝かせている西園寺が隣に。ＤＶＤのパッケージをガン見している北条とシャツを羽織ったおかげで多少はましな格好になった東雲がソファー前に置いたミニテーブルの左右でクッションに座る。

準備は万端だったらしく、すぐに映像が始まった。

せめて酒でも飲まないとやってられない。

酒に関して嗅覚の鋭い西園寺が僕の様子を敏感に感じ取ったのか、すすすっと身体を寄せてきて、僕に杯を握らせると酒をなみなみ注いでくる。

なんだか口惜しくて西園寺の杯にもぎりぎりまで酒を注いでやったが、西園寺を大喜びさせるだけだった。

ヤケクソになった僕は、上手《うま》いこと酔い潰れられることを願いながらぐいっと杯を呷《あお》った。

三章　文系大学生の至って平凡な一日

本日の朝の目覚めは非常に快適だった。

古いパソコンが時間をかけて起動するように、半分眠った状態からゆっくりと浮上していく意識。寝る前にかけていたスマホのアラームが鳴り響く頃にはしっかりと覚醒しており、不愉快な目覚まし音はすぐに消してしまえた。

毛布を抜け出すと僕はベッドに腰掛け、ヘッドボードに置いていた眼鏡をかけてから部屋を見渡す。部屋の中は整然としていて、空き缶やらつまみの袋やら自分のものでない衣服やらが落ちていることもない。

僕は部屋の中を縦断してキッチンスペースへ向かい冷蔵庫を開けると、ドアポケットに並んだ飲み物の中から作り置きの水出しコーヒーと牛乳を取り出す。飲みかけの酒瓶やら割り物が冷蔵庫の中を圧迫していたことに若干の不満を覚えたが、今はよしとする。

グラスにコーヒーと牛乳を適当に注いでカフェオレを作ると、僕はそれとたばこを持ってベランダに出た。

ベランダに置かれたチェアに寝そべり、カフェオレを一口飲んでからたばこに火をつける。けむりを吸い込む感覚にはまだまだ慣れなかったが、それすらも許容できるほどにすがすがしい気分だった。

部屋の中に他人がいないというだけでこれだけ穏やかな気持ちになれるのだから、やはりひとりの時間というものは人間にとって必要だと改めて確信する。

スタジオ・コスパーティーでのバイトを終えて早一週間。北条《ほうじょう》の金銭問題も無事に解決し、これで平穏が戻ってくると一息ついていたのだがそうはならなかった。

バイトの打ち上げ飲み会で好き放題した西園寺《さいおんじ》たちが僕の部屋を便利に使うことを覚えて、毎日誰かしらが押しかけてきていたのである。

西園寺は酒を持ってきて部屋で飲み散らかし、追い出そうとする僕を飲み潰して強引に泊まっていく。

北条は大学近辺のパチンコ店で地元駅から家までの終バスに間に合わなくなるまで打って、家に帰れないという既成事実を（たいてい負けているときなので本人にとって不本意ながら）作って無理矢理《むりやり》泊まっていく。

東雲《しののめ》はベランダに置いたチェアを占有しながらたばこを吸い、特に理由もなく問答無用で泊まっていく。

平日に居座るだけならまだ我慢できなくもないが、土曜日は前日に泊まった流れで日中から三人が居座り、夜になると飲み会が開催されてどんちゃん騒ぎだ。こういう馬鹿騒ぎも嫌いというわけではないが、終始他人が近くにいるというのは精神的に辛いものがある。その他人が同世代の女の子ばかりならなおさらだ。

それに耐えられなくなった僕は飲み会が終わった後、なんとか全員を追い出してひとりの日曜日を獲得することに成功した。

その日曜日も精神疲労と酔いで午前中は寝て過ごすハメになり、本格的な活動は午後からとなってしまったのだが。

しかし、講義の開始時間が高校までよりも遅い故にそれなりに夜更かししても問題ないため、日曜午後からでも時間に余裕があるのが大学生だ。部屋を片付けたり食器を洗ったり等の家事をして日中を過ごし、適当な夕食を食べて日付が替わるまでだらだらと過ごしてから寝てもこうして月曜日の朝に余裕を持って起床することができるのである。

シャワーを浴びてから朝食を取り、着替えをして準備完了してもまだ時間があった。

まあ、ぎりぎりまで家にいて焦って大学に向かうなんてことにはしたくない。今日は余裕を持ってゆったりと過ごしたいのだ。講義室の席で講義開始を待つことにしよう。

そうして僕は早めに家を出て大学に向かう。先ほどベランダで過ごしたときよりも外気温が高くなっていて、半袖一枚で十分だった。今はまだ快適な気分で歩いているが、大学まで上る頃には軽く汗をかいているだろう。ただでさえ長い坂を上るのは億劫《おっくう》であるのに、これから気温がどんどん高くなっていくことを考えると気が滅入《めい》ってしまう。

せっかく時間があるので、日陰をはしごしつつ体力の消耗を抑えながら向かうことにした。

踏切を越えて大学側の駅前に出る。講義開始には早い時間であるが、駅からは僕と同じ秀泉《しゅうせん》大学の学生と思《おぼ》しき私服の若者が次々と出てきて、駅前の繁華街をぞろぞろと進んでいく。僕もその列に合流して大学への順路を歩く。

この時間の店舗はまだ開店時間前なところが多く、やっているのはコンビニや飲食店のようなところだけだ。そんな中、開店時間前に何人もの人々がドアの前に列を作っているお店があった。

その店――パチンコ店の前にはアニメのキャラクターなどがでかでかと描かれた看板や貼り紙の広告が掲示されている。以前は気にもとめていなかったのだが、身近にパチンコを打つ女が現れてからなんとなく目に付くようになった。

こんな朝から外で並んでいて大変だなと他人事のように思いながら、列に並ぶ人々を横目に見つつ店の前を通っていたのだが、見覚えのありすぎる女の姿を見て思わず足を止めた。

スマホを眺める横顔は被った野球帽からかすかに見えるショートカットの金髪と整った顔立ちが相まってボーイッシュに見える。だが、その容貌よりも真っ先に目を惹《ひ》くのがグラビアアイドルも真っ青な凹凸のはっきりした体形である。

そんな垂涎《すいぜん》ものの肢体を、丈の短いホットパンツと身体に対してサイズの小さいぱっつんぱっつんのタンクトップに薄いカーディガンという露出多めな衣装で晒《さら》している女——

北条は、ふと顔を上げるとめざとく僕の存在に気がつき、ぶんぶんと手を振ってくる。

「おーい！」

北条が無駄にデカい声を上げて大袈裟《おおげさ》な動作でアピールしてくるので、いろいろ揺れて周囲の人々の視線を独り占めにしているし、北条が見ている先にいる僕にも視線が集まり死ぬほど居心地が悪い。

当の本人は僕以上に衆目を集めているはずなのに、そんなことにも気がついていないかのように能天気に手を振り続けている。いや、もしかしたら本当に気がついていないのかもしれない。

僕は一刻も早く北条の蛮行を止めるべく、足早にやつの許《もと》へ歩み寄った。

「おいっす〜！　これから講義？」

北条はちょうど良い話し相手が見つかったのが嬉《うれ》しいのか、笑みを浮かべながら僕に話しかけてくる。こういう仕草とか態度が男を勘違いさせてもめ事の種になるのだと思うのだが、同時に本人の魅力であることも間違いないので、忠告すべきかどうかは悩ましいところだ。

しかし、北条は大学にも向かわず、こんなところでなにをしているのか。

土曜日の飲み会の時、一週間かけてバイト代を目減りさせたとかで酒を呷りながら残ったバイト代は大事に使うとか、パチンコは引退してもっと建設的なことにお金を使うとか語っていたような気がするのだが。

「え？　あたしそんなこと言ってた？」

本人はとんと覚えちゃいなかった。

「まあ、パチンカスにとっちゃ引退なんてあってないようなものよ。ヘビースモーカーの禁煙と一緒一緒」

無茶苦茶《むちゃくちゃ》な理論である。

しかし、この前もあんなに打ちのめされるほど派手に負けて、さらに負けが続いているのによく打つ気になるものだ。僕があれだけ負けたらもうパチンコ台のことなんて見たくもないと思うが。

「そりゃああんたがのめり込んでないから言えるのよ。ここのところ負け続きだけど、勝ったときの快感を覚えたら忘れられないんだから。あんただってやってみればパチンコなしでは生きていけない身体になるわよ」

パチンコが危ない薬に変わっても意味が通じそうな辺りが、パチンコの恐ろしさを示唆しているような気がするのだが……。どちらにしろあんな絶望した姿を見せつけられて打とうとは思わない。

「つまり、あんたが悪い道に引きずり込まれなかったのはあたしのおかげってことね」

悪い道だと思うのなら足を洗って真っ当な道を進むべきだと思う。さしあたって、目先に迫っている期末試験をどうするのかとか。

「それは大丈夫。ハルちゃんとかシノちゃんとか、友達の取ってる講義はしっかり把握してるから。皆に泣きついて助けてもらえば期末試験もばっちりよ」

ええ……。

あまりにも他人任せな理論に呆れるしかない。コミュ力は高いがパチンコ通いに忙しい北条の友人なんてたかがしれているはず。今日なんかも西園寺とも東雲とも被っていない講義が何個かあるはずだが、理論ががばがばすぎやしないだろうか。

「大丈夫よ。ハルちゃんとシノちゃんがいない講義にはあんたがいるから問題ないわ。そんなわけで、今日の講義はよろしくね」

僕の突っ込みに、北条は当然といった様子で答えた。

……どうやら北条は、僕のことも友達の範疇《はんちゅう》に入れているらしい。

北条が西園寺や東雲と一緒にいるときはだいたい僕もいたので、ふたりが友達だと言うのならば僕が同じカテゴリに入るのも言われてみれば当然なのかもしれない。しかし、僕自身は北条に言われるまで、そのような発想が出てこなかった。

言い訳するのであれば、そもそも僕が三人と連《つる》み始めたのがなし崩しで、ある種押し売りのようなものだったのでそういった意識が希薄だったのだ。西園寺なんかは友達認定してきていたが、あれだって酒飲み場を確保するための体の良い方便みたいなところがあるし。

北条のある種不意打ちな言葉に、僕は怒ればいいのか呆れればいいのか、はたまた別の感情を出せばいいのか反応に困り悪態を吐く。

……都合よく人を友達認定するな。他人のことなんて頼ってないでちゃんと講義に出てなんとかしろ。

そんな僕の言葉に何故《なぜ》か怒ったような表情を見せつつ両手を腰に当てながら答えた。

「なんかこじらせた感じの台詞《せりふ》ねえ。都合なんて関係ないでしょ。あれだけ一緒に飲んで騒いで馬鹿やったんだから、あんたも立派な友達よ。あ、今の少年マンガで誰か言ってそうな台詞ね」

僕はでかい胸を張って笑う北条にぐうの音も出ない。

僕が押し黙っていると、北条はなにやらしんみりしたような表情で語り始める。

「……それに、ただでさえ少ない地元の友達とは高校卒業してから疎遠になっちゃったし、心機一転してイメチェンしたらバイト先は大荒れするしで、ちょっと色々嫌になってたときに皆と出会ってさ。皆でバイトしたり飲んで騒いだりで大学が楽しくなってきたところなんだから、そんな寂しいこと言わないでよ。あんたには感謝してるんだから。もちろん、ハルちゃんとシノちゃんにもね」

急に湿っぽい雰囲気がただよい始めたことに僕は動揺し、焦りを覚えた。こんなしみったれた空気を出されても気の利いたことは言えないし、第一そんな空間にいる自分に薄ら寒いものすら感じる。

……そんなのイメチェンやめて大人しい姿に戻って、パチンコもやめてちゃんと大学にくればそんな思いしないで済む話だ。コミュ力だけはあるんだから、友達作って大学生活を謳歌《おうか》することなんてわけないだろうが。

とにかくこの空気を壊したい僕は言葉を探すが、結局また悪態を吐くことしかできなかった。

そんな僕の言葉に北条は気を悪くした風でもなく可笑《おか》しそうに笑う。

「またそうやって捻くれたこと言うんだから。けど、そうやって下手な気遣いみたいなこと言わないでマジレスしてくれるところとか、けっこう好きよ？」

雰囲気を壊すつもりで吐いた悪態に、さらに小っ恥ずかしい台詞で返された僕は、いよいよいたたまれなくなり沈黙することしかできなくなった。何が悲しくてパチンコ店の列に並んでいるやつとの会話でこんな気持ちにならなければならないのか。列に並んだ人々や道行く学生たちからもすごい見られてるし。

そんな僕の様子などつゆ知らず、北条は気合いを入れ直している。

「それよりも今日はお店に預けたバイト代を回収しないと。一日じっくり打ち込んで、諭吉を返してもらわなくちゃ。無事返ってきたら期末対策のお礼ってことで飲みに招集するから！　あ、それともあんたもサボって一緒に打ってく？」

……僕まで講義をさぼったら、期末試験はどうするんだよ。飲みは奢ってくれるなら行くけど、今度はお店で飲めるぐらい勝ってほしいところだ。もう宅飲みはこりごりである。

「ああ、そうだったそうだった。飲み会の会場は勝ち方次第ってことで。……負け続けて閉店まで打つハメになったらまた泊めてね？」

そんな状況になる前に諦めて帰れよ。人の部屋に泊まる前提で続行するな。

「それよりもいいの？　早く大学行かないと講義始まるけど」

話を逸《そ》らされた気がしないでもないが、時計を見ると確かにぎりぎりの時間だった。もう少し北条に追及をかけたくなっていたが、遅刻しそうになって坂道をダッシュで上りたくない。

「いってらっしゃ〜い。またグループラインに連絡するわ」

ひらひらと手を振る北条に仕方なく別れを告げ、早足で大学へ向かう。

あの様子では、打っている間も一喜一憂する様をグループラインに連絡してくるだろう。まあ、講義の間の暇つぶしにはなる。今度は負けすぎてお通夜みたいなことにならないでほしいものだ。

＊

一限の講義にはぎりぎり滑り込むことができた。せっかく余裕を持って家を出てきたというのに北条のせいで台無しである。

二限の講義に向かう途中で喫煙所が目に入ったので、たばこを消化するために寄っていくことにした。

かばんからたばこを取り出しつつ喫煙所に入ると、数人の学生が灰皿の前でたばこを吸いながらスマホをいじっている。人の少ない空間を見つけようと喫煙所内を見渡すと、見覚えのある顔とかちあった。

「やあ。君もたばこ休憩？」

高身長でスタイルの良い身体に、この陽射《ひざ》しの中で長袖パンツルックを纏《まと》いながら汗ひとつ掻かずに平然とした様子でたばこを吸っている女、東雲が片手に持ったたばこを掲げて挨拶してくる。

そんな仕草も様になっていて、つくづくモデル向きなやつだと思う。実際モデルなんだけれど。

東雲が少し位置をずらして場所を作ってくれたので、素直に甘えてその場所に収まる。

まだ不慣れな手つきでボックスからたばこを取り出すと、横からジッポライターが差し出されて火が付いた。

……この火を借りることを周囲はどう見るだろうと一瞬考えなくもなかったが、流石《さすが》に自意識過剰だし、ご好意を無下にすることはないだろうと素直に借りることにする。

「グループライン見たよ。夏希《なつき》はまたパチンコみたいだね。なんか景気のよさそうなこと言ってるし、今日は勝てそうかな？」

吸い込んだたばこの煙を吐き出す僕に、東雲が話しかけてくる。

フラグにしか聞こえない大見得《おおみえ》を切っていた北条は、予想外にも幸先《さいさき》よく大当たりを引いたらしく、ご機嫌な様子でグループラインに写真を投下してきていた。このまま順調にいけばタダ飯にありつけるかもしれないが、まだ予断は許さない状況だ。どうせならこのまま勝ち逃げしてもらって、大人しく大学にきて講義を受けてほしいものである。

「それができたら夏希じゃないよ。この一週間で何回調子に乗った夏希が負けてきたか」

一週間の付き合いでここまでそんな信頼があるのもいかがなものかと思う。

そうして適当に駄弁《だべ》っているのだが、その間中東雲のスマホから何件も通知音が鳴っていた。これが友達の少ない西園寺や北条であるならば広告メールか何かだと考えるのだが、東雲の場合は間違いなく友人からの連絡だろう。

時々日常会話と変わらないノリでセクハラやら下ネタやらをかましてきたり、部屋にいるとなんだかんだ理由をつけて脱ぎたがる以外は良識人である東雲は、地元にも大学にも知人友人が多い。僕の部屋にいて特に会話がないときは、たいていベランダのチェアに寝そべりながら片手にたばこ、もう片方の手にスマホを持って友人たちと連絡を取り合っているのだ。

僕なら早々に面倒くさくなってスマホを投げ出している。

今入っている連絡もそういった友人たちからの連絡であろうに、東雲は時々スマホの画面をちらりと確認するものの、返信をしている様子はない。

急ぎの連絡ではないということなのだろうが、返信ぐらいしてやればいいだろうに。

「スマホでの連絡なんて後回しでも大丈夫だよ。今は君と話してる最中だしね」

なんとも律儀なことを言う東雲に呆れてしまう。

今の僕たちは大事な話をしているわけでもなく、ただたばこを吸いながら次の講義まで適当に時間を潰しているだけなのだ。

僕だって別に東雲が会話しながらスマホをいじっていたって一向に気にしない。むしろ片手間でいてくれた方が気楽でさえある。だから、遠慮などする必要はないのだ。

しかし僕の言葉に東雲はかぶりを振る。

「そういうわけにはいかないよ。他の友達も大切だけど、一緒にたばこを吸えるヤニ友には代えられないからね」

真っ当な友人よりも喫煙所で駄弁るだけの相手の方が大切とは、呆《あき》れた話である。

「友人に優先順位をつけることはあまりしたくないけど、やっぱり喫煙者とそれ以外だと壁があるからね。自分がたばこを吸いたいからって喫煙者でもない相手を喫煙所に誘うわけにはいかないし。そういう意味じゃ、こうして一緒にたばこを吸いながら駄弁る相手ってのも貴重なんだよね。君や、春香《はるか》や夏希と仲良くなれてよかったと思ってるんだよ。こう見えても」

もちろんたばこだけの友情じゃないと思っているけれどね、なんて付け加えつつ微笑《ほほえ》む東雲。普段は泰然自若としているくせにやけに気持ちのこもった声音だった。

そんなにヤニ友が欲しいなら、そこらで吸っているやつらに声をかければいいだろうに。学部やゼミで顔を合わせるような相手もいるんじゃないだろうか。僕は顔を見ても思い出せないけれども。

何か覚えのある流れに背筋がむずがゆくなってきた僕は、そう提案して話の軌道修正を試みる。

「せめてゼミ生の顔ぐらいは覚えておいた方がいいと思うよ。……まあ、そうは言っても男しかいないこの場で見つけるのは中々難しいかな。欲しいのはあくまで友達だからね。下心抜きで駄弁ってくれる相手じゃないと。そんな都合がいい相手、そうそう見つからないよ。最初の内はそんなつもりはなくても、一緒にいる内に相手がその気になって……。なんてことはよくある話だし」

そう言って東雲は肩をすくめる。

ある意味強気な発言である。しかし、男女の友情が成立するか否かは今でも物語の題材になるテーマであるが、東雲は男女の友情というものが難しいものだと身をもって体験しているのかもしれない。

東雲のように見た目の良い女と仲良くなれたら大喜びして舞い上がる男はいくらでもいるだろうことは予想できる話だ。もっとも、非常識な部分を見せつけられても同じように喜べるかはわからないが。

「私はけっこうまともなつもりなんだけど……。それに、男の友達がいないわけじゃないよ。高校には何人かいたから」

なんだ、やっぱりできるんじゃないか。

「でも、適当に探せるようなものでもないからね。他に好きな女の子がいるとか、ちっちゃい子が好きだから私は守備範囲外だとか、気になる男がいるとか、そういう相手じゃないと」

……一部の問題発言は聞かなかったことにしよう。

要は、自分に興味がないとわかってる相手じゃないと難しいということか。

「そういう意味じゃ今のところそういう懸念をしなくていいのは君ぐらいだね。春香のお墨付きならある程度信じてもよさそうだ」

そう言って面白そうな顔で僕の方を見る東雲の言葉に反発を覚える。

確かに西園寺が僕を安牌判定していたのは記憶にあるが、初めて西園寺とサシで飲んだときのがばがば判定を思うとあまり良い判断とは言えないだろう。

「そうかな？　私はけっこう当たってると思うけど」

それは他人を信じすぎというものだ。

そしてなにより先ほど東雲が挙げたようなろくでもない面々の中に組み込まれているのは納得できない。

「いや、君がロリコンだとかは別に思ってないよ」

やっぱりロリコンがいるじゃねえか。

「冗談だよ。その人はちいさい子供は好きなだけで、好みの女性はあくまで年上のお姉さんらしいから。将来は保育士になりたいらしいよ」

ううん、それは信じていい言葉なのだろうか……。

「今までの付き合いの感じだとセーフかな。たぶん大丈夫だと思う」

断言はできない辺りその友人からは目を離してはいけない気がするが。……まあ、いいか。東雲の友達が捕まったとしても僕は困らないし。

東雲の友達の彼は子供好きなだけだし、男が気になる彼は東雲の気のせいということにしておこう。

「ああ、男が気になっている方は本当だよ。本人に相談されたから間違いない」

ええ……。

「彼はちょっと真面目に物事を考えすぎるし、思い込みが激しいタイプだからね。まあ、今のご時世そういうのもありじゃないかな」

確かに昨今は同性愛に寛容な雰囲気があるから問題はないのだろうが、その友達は先ほどの小さい子供好きの友達とは別の意味で気にしてやった方がいいのでは……？

そんな僕の懸念を気にもせず、東雲は言葉を続ける。

「まあそんな感じで、本当は同性の喫煙者がいればいいんだけど、基本的にたばこを吸う女の子ってほとんどいないからね。私も大学の中では数えるぐらいしか会ったことないし、別の学部だと緩い付き合いしかできなくて。それも同学年となると中々」

東雲の言葉に改めて喫煙所の中を見回すと、やっぱり女子の姿は見当たらず、この場にいるのは男子ばかりだ。女子の喫煙者とは時々顔を合わせられれば御の字ということか。

「そういうこと。だから、貴重なヤニ友としてこれからもよろしく」

そう言ってにこりと笑う東雲。

まあ、こうして一緒にたばこを吸うぐらいなら別にかまわないが、友達と思うなら頻繁に家におしかけてきてベランダを占領するのと脱ぎ散らかすのはやめろと言いたい。

「それもまた、友情だね」

その友達が嫌がってることを適当に流すなと突っ込む前に、チャイムの音が鳴り響き僕ははっとする。東雲と話し込みすぎて、いつの間にか休憩時間が終わっていたらしい。慌てたばこを灰皿にねじ込む僕を余所《よそ》に、東雲は焦ることなく悠然とたばこを吸い続けている。

「私が取ってる二限の講義は出席取らないから。これを吸い終わったら向かうよ」

僕の視線に気がついてそう語る東雲。

考えなしに時間を潰していたのは僕だけらしい。今から走ればまだ間に合うかもしれないので、僕はすぐさま行動に移す。

「それじゃあ、また夕方。夏希が勝っても負けてもどうせ飲み会になるだろうから」

背後から声をかけてくる東雲に、振り返ることなく手だけでおざなりに応じて僕は喫煙所から飛び出した。

＊

ぎりぎり出席カードが配られる直前に滑り込んだ二限が終わっての昼休み。

僕は食堂で席を探してさまよい歩いていた。

せっかく気持ちよく一日を始めることができていたのに、なんだかんだと余裕のない過ごし方をしている。それもこれも、北条とか東雲とか余計な相手とかち合ったことが原因である。

せめて昼休みぐらいはひとりで静かに過ごしたい。以前ならそんなことは日常のことで、わざわざ願わずとも当たり前なことであったのだが。

できるだけ隅っこの目立たない席を確保したいと思い、食堂の壁際に沿って歩く。こうすることで知り合いに見つかり辛いだろうという目算であったのだが。

「おや」

進行方向のテーブル席を目で追っていると、会いたくない知り合いとばっちり目が合ってしまった。

伸ばした黒髪に垂れ目で柔和な顔立ち、ノースリーブのシャツとフレアスカートに身を包んだ上、手元に文庫本を広げたその女は、その清楚《せいそ》な容姿にそぐわないいやらしい笑みを浮かべている。

「ちょうどいいところに来たね。お昼を一緒に取ろうと思ってラインで呼び出そうと思ったところだったんだ。いやあ、何も言わずとも集まれるなんて、友情とは素晴らしいね」

西園寺の言葉に思わず顔をしかめる。

友情は関係ない。こんなのはただの偶然だ。誰かと食べたいなら、僕にわざわざ声をかけなくても他の友人に声をかけるなり、部室に行ってサークルの人たちと食べればいいだろう。

「ふふふ。そんな嫌な顔をしなくてもいいじゃないか。君とボクの仲だろう？　ナツはパチンコ店で激闘を繰り広げている最中だし、シノは学部の友達と約束があるっていうからね。それに、サークルに行かずともこうして君と一緒にいられるなら十分さ。ささ、席はこうして確保しているから。早く注文をしに行こう」

そう言って西園寺はさっさと食券を買いに行ってしまう。有無を言わせぬ行動の素早さにため息が出る。

席に荷物を置いて後を追う。どうせここで無視しても後でぐちぐち言われたり飲み潰されたりして面倒くさいことになる未来しか見えない。孤独にグルメすることは諦めて素直に従った方がマシというものだ。

今日のお昼は僕も西園寺も唐揚げ定食だ。値段も四百円とお手頃で、一番の売れ筋商品であるが故に提供も早いという素晴らしい一品である。

商品を受け取ってテーブルに戻り席に着く。僕が何気なく向かいに座った西園寺のトレーを見たとき、一瞬疑問符が頭に浮かんだ。僕はセルフサービスの水を汲《く》んでトレーに載せてきたのだが、西園寺のトレーに載っているのは唐揚げ定食だけだ。

まあ、別で飲み物を買っているのだろうと思っていると、案の定西園寺は自分のバッグを漁《あさ》りはじめる。てっきりペットボトルが出てくると思っていたのだが、西園寺が取り出したのは缶であった。自販機では中々見ない、銀色に輝くその缶は間違いなく。

……おい、なんてものを取り出してやがる。

「落ち着きたまえよ。これはビールはビールでもノンアルコールのやつさ。流石のボクでも午後の講義があるのに昼間からアルコールは入れないよ。だけど、唐揚げ定食を頼むならこれも有りだろう？」

思わず突っ込む僕に、西園寺は笑って答えてみせる。有りか無しかでいうと間違いなく無しだと思うのだが、ノンアルコールであることは間違いないので論理的に否定してみせることはできなかった。

何も言わなくなった僕に満足そうな表情でうなずいた西園寺は、ノンアルコールビールを片手に唐揚げ定食を食べ始める。

「ああ、やっぱり唐揚げにビールは最高の組み合わせだね。やっぱりアルコール成分がないと物足りないけれど、ボクのひらめきに間違いはなかった」

昼間から唐揚げをビールで流し込む姿はクズそのものである。今のうちからこんなことをやっているようでは、そのうち普通のビールを持ち出しかねないと危惧したが、西園寺が昼間から飲んだくれようが何しようが僕には関係ないということに気がついて考えるのをやめた。

しかし、普段西園寺は僕が見ているだけでも相当な酒量を消化しているはずだが、ノンアルコールとはいえ大学に持ち込んでまで飲みはじめるのは正直ヤバいと思う。いくら酒が好きだとしても飲みすぎではないだろうか。

「いやいや、そんなことはないよ。こう見えても自分の限度は熟知しているさ。ボクがただの一度だって二日酔いで大学を休んだことがあったかい？」

確かに西園寺は僕が潰れるだけの酒を飲ませた上で追加で北条を飲み潰すだけの余力を持っている。その上他人への観察眼が無駄に抜群な西園寺は、僕たちの限界ギリギリを見定めて飲ませてくるので本当にたちが悪い。

ただ、東雲に関しては酔っていても表情をまったく変えないので、西園寺もやつの許容量をはかりかねていて手出しできないらしい。というか、義務のように潰しにいく必要はないと思うのだが。

とにかく、西園寺の飲酒限界には底がない。一番限界が近そうだったのが新垣先輩の家で飲み会をした後に僕とサシで飲んだときか。いつかやり返してやりたいところだが、僕ひとりではどうにもなるまい。

まったく、ご両親はとんでもない魔物を解き放ってくれた。こいつに酒を教えた責任を取って家できっちり管理してほしいものである。

「家ではきっちり管理されているさ。家にある酒を飲もうとすると父に俺の分がなくなるって止められるし、じゃあ自分の分は自分でと思って買ってくると母に健康に悪いからって止められるんだよ。酷《ひど》い話さ」

ああ、そういえば前もそんなこと言ってたな……。

やってられねえと言わんばかりの仕草でぐいっとノンアルコールビールを呷《あお》っていた西園寺は、手に持った缶を眺めながら急に真面目くさった態度で語り始める。

「……そういう意味じゃ、君には本当に助けられてると思っているんだよ、ボクは。家族からはやりたいことをやらせてもらえず、ゼミや学部では飲み会荒らしとつまはじきにされていたボクに、居場所をくれた。君と出会ったことで友人もできた。今のボクは、君の家でみんなと馬鹿みたいに飲んで騒いで、とても救われているんだ」

……すごくいい感じの話をしているように聞こえるが、西園寺の酒癖が悪くなかったら全部問題ない話だと思う。後、別に皆がお前をつまはじきにしているわけじゃなくてお前が近づかないだけだろうが。

「間違っているのはボクじゃない。世界の方だ」

西園寺は至極真面目な表情で言い切ってから、再びノンアルコールビールを呷った。まったく悪びれる様子のない西園寺に僕は呆れるばかりだ。

「……ああ、そういえば、君にはなんだかんだとしっかりお礼をしたことがなかったね」

そこでふと、西園寺が思い出したように言い、ずずいと身を乗り出してくる。

わざとらしく腕を組んで強調するように押し上げた胸が、計算されたように胸元にできた隙間から見えている。いや、見せつけられている。

「ナツほどじゃないけど、ボクだってそれなりにいい線いってるだろう？　宿代代わりじゃないけど、ちょっとぐらいなら相手するよ？」

蠱惑的《こわくてき》な表情をつくってアピールする西園寺を僕は無表情に眺める。

「……お気に召さないかな？　今ならナツやシノもついてくるよ？　なんだかんだふたりも拒まないだろうから。そうなるとボクが楽しい」

ちょっと化けの皮が剝《は》がれて欲望が漏れ出ている西園寺に、ため息しか出ない。

僕をからかうために身体を張りすぎである。

「……ふむ？」

そもそも、初めて部屋に押しかけてきたときに僕が人に興味ないとか、人を見る目に関しては自信があるとかご高説を垂れてくれたのが西園寺である。

僕が誘惑に乗ってくることはないと思うからそうやってふざけたことができるのだ。そんな見え透いたからかい、リアクションするのもめんどうだ。

身を乗り出す西園寺を追い払うようにしっしと手を振る僕のことを、西園寺はじっと見てきたが、やがて楽しげに笑って身体を引いた。

「いやあ、さすがさすが。言葉に詰まったりとか黙り込んだりとか、何かしらのリアクションが取れたら弄《いじ》ってやろうと思ったのに、そう騙《だま》されてはくれないね。その読まないでいいところまで裏を読んで、面倒がない安牌な選択を取る保身力が君の魅力だ。だからこそ、ボクも君の傍で好き勝手できるというものだよ。ナツもシノも、同じように感じているだろうさ」

つまり、僕がこいつらに手を出すでもなく強引に遠ざけるでもなく、なあなあな対応をしているのが問題だということらしい。やはり、終バスをなくした北条が部屋の扉の前で座り込みはじめても絶対に部屋に上げないぐらいの心の強さが必要だということか……。

「そこでいっそ手を出してしまう方に傾かないのは女としての魅力を否定されてるみたいでむかつくな……。というか、それは可哀想《かわいそう》だから助けてあげなよ……」

顔をしかめたり呆《あき》れたりで忙しそうな西園寺は、最後にからかうような表情を見せる。

「まあなんだかんだ言いつつ、さっきボクの谷間に目線を向けていたみたいだけどね。最近は態度が淡泊だから性欲が死んでるんじゃないかと心配していたけど安心したよ」

西園寺に罪はあっても、乳に罪はないから……。

僕だっていっぱしの青少年なので性欲ぐらいある。ただ、西園寺たちの生活態度がだらしなさすぎて慣れてきただけだ。

「ふうむ。これがマンネリというやつかな。美人は三日で飽きるなんて言葉があるけど、もっと飽きられない努力をするべきか……。さしあたってコスプレとか？」

そんな努力はいらない。それに、コスプレなんて卯月《うづき》社長のスタジオで嫌というほどしていただろう。

「それもそうか。そうするとシチュエーションに凝るしかないな……。着替え中に部屋でばったりとか、風呂場でばったりとか、トイレ中にばったりとか……」

事故をねつ造しようとするなと突っ込むべきか、シチュエーションがワンパターンすぎると突っ込むべきか僕が悩んでいると、僕の返答を待たずに西園寺が発言する。

「ところで、もう昼休みが終わるけど大丈夫かい？　定食もまだ残っているみたいだけれど」

はっとして時計を見ると、講義開始まで後数分しかなかった。唐揚げ定食は半分ぐらいしか減っていない。

今からダッシュすれば講義に間に合いそうだったが、一瞬迷った後、僕は唐揚げ定食を全力でたいらげはじめた。貧乏性であるが故に食事を残せない男の悲しい判断である。掻《か》き込んだご飯と唐揚げを冷めた味噌汁《みそしる》で無理矢理《むりやり》飲み込んでから席を立つ。そんな僕を余所《よそ》に、西園寺は優雅に食事を続けていた。

「……ああ、ボクは今日三限の講義ないから。ゆっくり食べてから図書館で読書でもしてるよ」

したり顔で語る西園寺にいらっとしつつも、急いで詰め込んだものが飛び出してきそうで悪態ひとつ吐けなかった僕は、ひらひらと手を振る西園寺に目線だけくれてから無言のまま席を離れる。

後は時間と胃袋との勝負だ。走ると駄目になりそうだった僕は、できる限り急いで足を動かしつつ次の講義に向かった。

＊

四限の講義を受けていた僕は、講義終了時刻の十分前になった時計をちらりと確認してから密《ひそ》かに息を吐いた。

三限には、なんとか間に合った。講義自体はせり上がってくる胃の中の内容物と格闘するのに忙しくてろくに聞くことができなかったが、参加することに意義があるのだと言い訳をしておく。

この四限が終了すれば、無事本日の講義はすべて終了である。

今日は本当に酷い一日だった。すがすがしい朝から始まった余裕があるはずの一日は、余計なやつらとの出会いによって無茶苦茶《むちゃくちゃ》にされてしまった。奇跡的に出席は間に合ったからいいものの、間に合っていなかったら部屋を鎖国するところだ。

三限と四限の間の休み時間も誰かしらと顔を合わせてしまうかもしれないので、寄り道をしないでまっすぐ講義室に向かった。幸い誰にも会わずにすんだが、周囲を警戒しすぎたために気疲れが酷い。

今日は早く帰ってゆっくりしよう。まあ、だいたいいつも早く帰っているんだけれど。

そんなことを考えながら講義内容そっちのけで時計の針が動くのを待ち続けていると、机の上に置いたスマホが震えた。

深く考えもせずに画面を確認した僕は、思わず顔を引きつらせる。

『どぼぢでごうなるのおおぉぉぉ！！？？！？？』

『なんかすごい勝ってるって話してなかったっけ……？』

『昼過ぎまでいい感じな連絡ばかりきていたはずなのに、この数時間で何があったというんだい……？』

『どれぐらい負けてるの？』

『さ、三諭吉……』

『まあそれぐらいなら大けがで済んだと思っていいんじゃないかい？』

『今週のトータルがマイナス十諭吉』

『あっ……』

『ああ、それは致命傷だね……』

『なんでそんなになるまで打ち込んでしまったんだ……。この前のバイト代がほとんど残ってないじゃないか』

『一日毎の負けはたいしたことなかったんだけど、それがどんどん積み重なって……。今日は絶対取り返そうと思って気合い入れたらこのザマよ……』

『とにかくもう帰ってきなよ』

『そうだね。しばらくの食費分ぐらいは残っているだろう？　単発のバイトをするか卯月社長に泣きつくかして立て直すべきだね』

『……この残った食費を突っ込んで当たりを引けば巻き返せるかも……？』

『よせやめるんだ』

『これから迎えに行くからさ、ちょっと待っててよ』

『ぁぃ』

僕はグループラインに流れる会話をただ眺めていたが、できれば見なかったことにしたかった。この後の流れが容易に想像できたからである。

『今日はとりあえず飲む。すべてを忘れてたくさん飲む』

『夏希の財布を考えると、どう考えても居酒屋は難しいね』

『仕方ない。スーパーで安い酒と割り物を買って宅飲みするしかないね。というわけで会場の提供よろしく。既読はついてるから会話は確認しているだろう？』

しまった。うっかりアプリを開いて既読をつけてしまっていたが、通知で確認した時点で見なかったことにすればよかった……。

『月曜日から飲み会とかマジでやめてほしいんだが……』

『いやっ！　のむっ!!』

『わがまま言うんじゃありません！　あんたが負けるのが悪いんでしょう!?』

『いやっっ！！！』

『駄々《だだ》っ子《こ》とお母さんだ……』

『中途半端にノリがいいな君……。今日だけはなんとか頼むよ。部屋を使わせてもらえないと君の部屋の前を飲み会の会場にしなければならなくなる』

『頼み込むふりして脅迫するんじゃねえよ……。わかったよ……。今日やったらしばらく飲み会はなしだからな』

『助かるよ。君にあまり迷惑をかけすぎるのもなんだしね。〝飲み会〟はしばらくなしにするよ』

『飲み会を強調するな。まずうちの部屋におしかけてくる回数を減らせ』

『鋭意努力しよう』

『検討する』

『前にハルちゃんから提案された通り、定期券を払い戻してあんたの部屋に住めばまだ戦える……？』

『マジでやめろ』

結局押し切られる形で、飲み会の開催が決定してしまった。今日鋭気を養ってこの後の平日を乗り切る僕の計画は台無しである。

ちょうど四限の講義が終わったので、他の面々と合流すべく重い足取りで移動する。まずは東雲を拾いに行かねばならないが、やつも四限に講義があったはずなのに何故《なぜ》か合流場所の指定は喫煙所だ。どんなことがあってもとりあえずまず一服という鋼の精神は筋金入りの喫煙者らしい。

どうせなら僕も一服していくことにしようと、かばんからたばこを取り出しながら喫煙所に入り東雲を探す。

東雲はすぐに見つかった。が、どうやら誰かと話している最中であるらしい。東雲も相手の男もたばこを片手ににこやかに会話している。先ほど話していたときはヤニ友は貴重とか言っていたが、なんだかんだ一緒にたばこを吸う友人はいるらしい。

とりあえず声をかける選択肢はないので、僕もたばこを吸いながら切り上げるのを待つかと考えていたのだが、東雲は喫煙所に入ってきた僕に気がつくとすぐにたばこを灰皿に突っ込み、男に一言声をかけてこちらに向かってきた。

「お疲れ。じゃあ行こうか」

そう言いつつ東雲は何故か僕の腕に自分の腕を絡ませ、僕を引っ張るようにして喫煙所から出ていこうとする。僕は東雲の突然の行動と腕に感じる柔らかさに動揺してされるがままだ。

何をどう聞けばいいかわからず東雲の方を見ると、彼女は何も言わずににこりと微笑み、その実問答無用で僕を喫煙所の外へ連行する。

たばこを吸う気満々だった僕は名残惜しげに喫煙所の方を振り返る。けっして身長差がほとんどないがために東雲の顔が思いのほか近くて気まずくなったわけではない。

だが、喫煙所の中では東雲と話していた男が何故かこちらを睨んでいたので慌てて前を向く。とても戻ってたばこを吸える雰囲気ではなかった。

東雲に片腕を拘束されたまま、すれ違う学生の視線に気まずさを覚えつつ喫煙所が見えないところまで歩くと、やっと東雲が腕を放してくれた。

僕の抗議の視線に東雲は笑って口を開く。

「ごめんごめん、ナンパがしつこくてね。喫煙所を出る口実が欲しかったんだ」

ああ、今のはナンパだったのか。ナンパって本当に存在するんだな……。現場をはじめて目撃した。

「そりゃあいるよ。君が男だから縁がないだけだよ。街を歩いてるとちょくちょくあるけど、人が気持ちよく一服つけてるときぐらいは邪魔しないでほしいね」

ぼやくように言って肩をすくめる東雲。

そういえば東雲は身内採用とはいえモデルをしている程度には美人なやつだった。普段

のだらしない生活態度を見ているせいかどうもその辺りの美的感覚が鈍っているらしい。西園寺の言う美人は三日で慣れるとはこういうことだろうか。

というかそもそも、喫煙所を出るだけだったら別に僕の腕を拘束する必要はなかったと思うのだけれど。

僕の指摘に東雲は目を丸くすると、先ほどとは違う、苦笑といった風の笑みを浮かべた。

「いや、あれは腕を組んで恋人っぽさを演出したつもりだったんだけど……。まさかそんな風に取られるとは思わなかったな」

今度は僕が目を丸くする番だった。

そう言われれば確かにそう取れなくもない状況だった。いや、別に鈍感系主人公的なムーブをするつもりではなかったのだが、とても恋人らしい甘い雰囲気が感じられず思い至らなかったのである。

東雲に腕を取られてどぎまぎしなかったかというと嘘《うそ》になってしまうのだけれど、そんなことはおくびにも出さない。

というか、やっぱり腕を組む必要は見当たらない。恋人を装わなくとも、普通に友達と合流するからでよかっただろうに。

「彼氏がいるように見せればナンパが減るんじゃないかと思ってね。あいつら毎晩よろしくヤってるんだなとか思わせられれば声をかける気もなくなるでしょ？」

反射的に、彼氏がいるからってそこまで想像するやつはいねえよと突っ込みそうになったが、普通にいそうだったので口にはしなかった。

まあいい。

とにかく東雲は確保できたので、次は西園寺と合流だ。

僕と東雲が合流する間に部室で用を済ませておくと話していたので、まだ部室にいるはずである。

「へえ。部室棟ってこうなってるんだ。けっこう廊下が狭いんだね。サークルで部屋ひとつって感じ？」

東雲が物珍しそうに建物を見回しながら声を上げる。

正確には学生自治会館なのだが、誰もそんな呼び方はしていないしわざわざ訂正する必要もないだろう。

他のサークルは知らないが、文芸サークルは廊下の左右の部屋を与えられていて、部室と書庫に分けて使っている。吹奏楽のように人数と機材の多いサークル以外はおそらく似たような部屋割りになっているんじゃないだろうか。

「そうなんだ。……私もどこかサークルに入ってたら、君の部屋を宿にすることはなかったかもね」

宿って言うな。今からでも遅くないから是非ともどこか素晴らしいサークルを見つけ出してほしい。素敵な仲間と熱中できることを見出《みいだ》せば自然と我が家への足も遠のくだろう。

「ちょっと考えてみようかな……。まあ、今さら宿を替えるつもりはないけど」

じゃあどうでもいい……。適当にそれっぽいサークル見つけて入れよ。

やる気をなくした僕の言葉にくすくすと笑う東雲を引き連れて、文芸サークルの部室のドアを開ける。中には数人の部員が席に座って雑談に興じていた。

本日は定例会もないし、カリキュラム的にもだいたいの人は四限までで講義が終わっているはずなのでとっとと帰ればいいのにと思いつつ挨拶をする。まあこういう考え方をするからサークルに馴染《なじ》めないのだとも思うけれども。

部室内から一斉に注がれた視線に居心地の悪さを感じつつ、適当に愛想笑いで誤魔化《ごまか》していると、ひとりだけ違う種類の視線を向けてきていることに気がつく。

「……冬実《ふゆみ》？」

声の主——才藤《さいとう》さんは僕と東雲を交互に見て目を丸くしていた。

「やあ。そういえば詩織《しおり》も文芸サークルだったっけ」

僕の背後からひょいと顔を出していた東雲が才藤さんを見て、片手を挙げて挨拶している。名前で呼び合うくらいだからふたりはそれなりに仲がいいのだろう。才藤さんとは別のゼミなので学部で知り合った友人ということか。

才藤さんが再び口を開こうとしたとき、手前の席に座っていた西園寺が席を立って僕たちに声をかけてきた。

「ああ、もう合流できたんだね。それじゃあ行こうか」

いや、ちょうど会計の岡辺《おかべ》先輩がいるようだから合宿費を払いたいし、まだ座っていても全然かまわないのだが。

「それはまた今度にした方がいい。ナツを待たせたらどんなことをしでかすかわからないだろう？　さっさと行こう。……すみません、岡辺先輩。人を待たせているので彼の合宿費はまた後日でもよろしいですか？」

「あ、ああ。期限は先だからまだ大丈夫だけど……」

戸惑った様子ながらうなずく岡辺先輩に西園寺はにこりと微笑《ほほえ》む。

「それならよかった。それではボクたちはこれで。お疲れ様です」

「それじゃあ詩織、また明日ね」

「え、ええ……」

そして荷物をつかむとさっさと部室から出て行ってしまった。東雲も才藤さんに挨拶してから西園寺についていく。確かに北条がやけを起こさないかという危惧はあるが、一分一秒を争う事態というわけでもないので支払いの時間ぐらいいいだろうに。

まあ、仕方ない。僕としても微妙な視線を向けてくるサークル部員たちの中で長居しようとは思わない。才藤さんは何か言いたそうにしているし、なんか佐川《さがわ》君とかめっちゃ睨んでくるし。

そうして僕はまた逃げ出すように部室を後にして先行する西園寺と東雲に合流する。

当初の目的は達成できているのだけれど、ついでにやりたかったことが何もできていない。たばこはまあいいとして、せめて合宿費は払って部室に行く回数を減らしたかったのだけれど。

「そんなに怒らないでおくれよ。久しぶりに部室に寄ったものだから珍しがられてしまって、正直困っていたんだ」

ため息を吐《つ》く僕を見て西園寺が肩を竦《すく》めつつ言い訳をする。

そんなのは部室に寄りつかないのが悪い。僕でさえ極々まれに気が向いたら部室に寄ってサークルの人たちと交流しているのだ。わざわざ所属しているサークルなのだから、それぐらいはしてもいいだろうに。

「極々まれっていうのはマウントを取れるほどすごくないと思うけど……」

　あまり部室に行きたくないという己の心情を棚上げして上から語る僕に対する東雲の指摘はさっくりと無視する。僕の言葉に西園寺は、悔しがるでも反論するでもなく、飄々《ひょうひょう》とした様子で肩を竦めている。

「そうは言ってもちゃんと定例会には出ているし、一応君たちが来るまでの間はちゃんとみんなでおしゃべりしていたんだよ。入部早々幽霊部員になっている人もいるみたいだし、それに比べれば十分すごいと思わないかい？」

「幽霊部員と比べるのもどうかと思うよ……？」

　東雲の突っ込みをスルーして西園寺は続ける。

「それに、君だってあのまま部室にとどまっていたら大変だったんじゃないかな。みんな君の話を聞きたくてしょうがないって顔をしていたから。なんだったら、今から部室に戻ってサークルの皆と交流しようか？」

　……いや、北条を待たせているのは間違いないからな。僕も早くやつと合流すべきだということには賛成だ。

「そうだろうそうだろう？」

「やっぱりどっちもどっちだね……」

　東雲は呆《あき》れたように言うが、僕も西園寺も都合の悪い話は聞かなかったことにする。

「……ところで、シノは才藤さんと仲がいいんだね」

西園寺が誤魔化《ごまか》すように話を切り替えて東雲に問うと、東雲は苦笑しながらも肯定する。

「まあね。詩織とは入学してすぐのオリエンテーションの時に近くに座ってて仲良くなったんだ。今日のお昼も詩織とかと一緒に食べてたよ」

やはり学部で知り合った友人であったらしい。最近知り合ったばかりの僕らより付き合いは断然長いだろうから、僕や西園寺と一緒にいることに才藤さんが驚くのも無理はないか。

「……才藤さんとはボクたちの話をしてたりするのかい？　いや、シノが彼の部屋に入り浸ってることを話していたら、もう才藤さんが彼を問い詰めてるか」

……ん？　つまり、僕は下手すると才藤さんに詰められる可能性があるのか……？

「入学以来の友人が付き合っているわけでもない男の部屋であんなことやこんなことをしているなんて知ったら、そうなるだろうね。才藤さんはそういうところしっかりしてそうに見えるし」

おいおいおいおいおい。僕の命、風前の灯火《ともしび》じゃねえか。

別に僕と東雲の間にやましい行いは一切ないが、それ以前に東雲の生活態度そのものがやましいことだらけだ。僕が才藤さんなら男の部屋で半裸になりつつたばこを吸うような暮らしぶりを知って放っておくことはできない。そして、こういった場合はどんなに非がなくとも悪者は男の方である。

僕が焦って東雲を窺《うかが》うと、東雲は苦笑しつつ首を横に振った。

「確かに詩織は仲の良い友達のひとりだけど、なんでもかんでも話すようなことはしないよ。それに、私も友達には部屋でのことはとても話せないね」

人に話せないことをしている自覚があるなら少しは自重しろよ……。

「言わなきゃ問題ないんじゃないかな。それに、家での自分《プライベート》は大事にしないと」

僕の部屋はお前の自宅じゃないっつーの。

抗議する僕の言葉に東雲は軽やかに笑う。こいつ、誤魔化しやがった。

「はははは」

僕たちは大学を出ると、長い坂を下って駅前に向かった。

夏至も過ぎ去り日が沈む時間帯は徐々に早まりはじめているが、夕方のこの時間帯はまだまだ太陽も元気に活動中だ。日中の直上から降り注ぐ日光に比べればましというものだが、早いところ仕事を終えて帰ってほしい。

駅と大学をつなぐ通学路が狭く、左右に住宅が建ち並んでいることと、キャンパスが広大な緑地の隅っこに引っかかっているため比較的木立が多いので日陰には困らないことが救いか。その分虫が多いのは困ったものだが。

駅前の繁華街に出ると、そのまま駅へ向かう学生の流れに沿ってパチンコ店へ向かう。

「夏希からは店の前にいるって連絡きてたけど……、もしかしてあれかな？」

東雲が指し示す方を見ると、店の入り口横でしゃがんで膝に顔を埋《うず》めている女性――北条に、見るからにチャラそうな男がしきりに話しかけている。

さながら居酒屋前で酔って正気をなくした女の子をお持ち帰りしようとしているクズ男みたいな構図だ。

「いや、居酒屋前で酔って正気をなくした女の子の部分がパチンコ店で負けてお金を溶かした女の子に変わっただけで、やってることは変わらないんじゃないか……？」

男のことをガン無視して微動だにしない北条に声をかけると、声に反応して北条は顔を上げた。野球帽のつばに隠れて一層暗く見える表情と死んだ魚のような目が僕たちを視認すると北条はみるみる目を潤ませ、ガバッと立ち上がるとこちらに向かって駆け寄ってくる。

僕の隣で西園寺が北条を迎え入れようと手を広げる。この後手にする柔肌の感触を想像したのか、その表情は緩みきっていた。

しかし、北条としては相手は誰でもよかったのだろう。むしろ西園寺はあえて避けたのかもしれない。北条は西園寺には向かわず、隣でぼけっと突っ立っていた僕に飛びついてきた。

突然大質量の物体にぶつかられた僕が吹っ飛ばされることなく支えることができたのは奇跡に等しい。僕の胸元でぴーぴーと泣きはじめる北条と圧倒的な感触に意識を持っていかれて固まっている僕、ついでに隣で嫉妬の視線を僕に向けてくる西園寺を、道行く人々が奇異な目で見ている。

悪目立ちしていることに気がついた僕はショックのあまり再起動に時間を要した。

僕はなんとか動き出すと僕の胸元に頭をぐりぐり押しつけてぐずる北条の肩に手を置き、そっと西園寺に押しつけた。

「おお、よしよし……。ほら、今日のことは全部忘れて飲み明かそう」

「うん……」

北条は素直に西園寺に抱きしめられている。西園寺にセクハラされるのを嫌って僕に飛びついたわけではないようだ。それなら最初から西園寺の許に行ってほしかったが。

しかしまあ。

グループラインの時点で下がっていた知能はまだそのままらしい。二桁に達する諭吉が自分を捨てて去って行った現実に耐えられなかったのだろう。

西園寺は北条を抱きしめてあやしながらだらしなく相好を崩している。背中に回した手があらぬところに伸びそうになって戻してを繰り返しているので、かろうじて友達を慰める気持ちが欲望に勝ったらしい。

「私と腕を組んだときとは随分反応が違うね。やっぱりあれぐらいのメロンの前には君も平静じゃいられないかな？」

東雲の言葉に、妙な表現はやめろと突っ込みを入れる。

……それにしても、東雲の声音からはからかうようなニュアンスを感じさせつつも、言外に非難の気持ちが混じっている気がするのは自意識過剰すぎるだろうか。

その辺りには言及せずに、油断しているところへいきなり異性に抱きつかれたら誰だって驚くだろうと主張しておく。

「ふうん」

けっして北条だからとかそんな理由じゃありませんよ、という意思を込めた僕の言葉に、東雲は相槌《あいづち》を打つが、いつも通りなその表情からは許されたのかそうでないのか、デスノートに名前が書き込まれてしまったのか判別がつかない。

無言の東雲に見つめられて僕は内心冷や汗をかきつつ表面上いつも通りを装い彼女を見返す。恐ろしい沈黙の時間は、やがて東雲が吹き出してくすくすと笑い始めたことで氷解した。

「ふふ、冗談だよ。珍しくうろたえてる君が見られたからからかってみただけ」

東雲の言葉に僕は大きなため息を吐《っ》く。

まったく勘弁してほしい。こと異性の心情に関してはまったく機微がわからない僕である。東雲が嫉妬めいた態度を取るようなキャラじゃないとわかっていても焦ってしまう。

「あはは、ごめんごめん。……けどさ」

抗議する僕に、ひとしきり笑っていた東雲は謝罪を口にすると、さらに言葉を続ける。

「私はけっこうモノに執着するタイプだから。そこのところよろしく」

……モノ？

「……さて。夏希も保護できたし、とりあえず買い出しに行こうか。あんまり出せるお金もないし業務スーパーかな」

思わせぶりな口ぶりに思わず問い返すが、東雲はそれに答えず僕たちを促しさっさと歩きだしてしまった。

……今のはどうやら東雲なりの自己主張らしい。言いたいことは正直よくわからなかったが。「物」に執着する、というのがさっきまでの話のどこにつながるのだろうか。

——もしかして、「物」じゃなくて「者」ということか？

……まさか、そんなことはあるまい。それこそ東雲のキャラじゃないし。

「どうしたの？　早くしないと置いていくよ」

思わず考え込んでいた僕に、先を歩いていた東雲が声をかけてくる。西園寺も北条もいつの間にか東雲の傍にいて、僕だけ置き去りにされた恰好《かっこう》だ。

まあ、他人の考えなんて僕にわかりっこない。別に正解をひねり出す必要もないし、深く考えないようにしよう。

そうして三人を追いかけるべく歩きだすと、パチンコ店の前に立っている男が僕のことを睨んでいた。思わず小走りで三人に追いつき、道を曲がる直前に背後を振り返ると、男はまだこちらを見ている。

なんだか今日は睨《にら》まれたり注目を浴びたりで散々だ。

「いや、こう言っちゃなんだけど普段からあんな感じで見られてるときあるよ君」

……え？

思わずぼやいた僕に西園寺から衝撃の事実が語られた。

「ああ、ゼミとかでも先週まで別々に座ってたのに急に集まり始めたせいでびっくりされてたね」

いや、それはわかってたし急にグループ作り出したらしゃあないなとは思ってたけど……。

「講義のときとか一緒にお昼食べてるときとかこっちを見ながら話してる男子をよく見るし、あれはやっかみに違いないね。良かったじゃないか、はみ出し者から一転注目の的だよ」

西園寺の意見は穿《うが》ちすぎな気がしなくもないが、確かに客観的に見たらそう見られていてもおかしくないかもしれない。

マジかよ。じゃあ僕はこの一週間ぐらいあんな風に睨まれながら過ごしていたのか……？

というか考えてみると、西園寺が僕に絡みはじめたあたりで既に文芸サークルの人から睨まれていたし佐川君からも色々言われてたわ……。

以前までの日陰暮らしには戻れなそうなことに気がついた僕のテンションはだだ下がりである。

「お酒、飲む？」

飲む……。

見た目はボイン知能は幼女な北条の問いに思考が停止したままで返答する僕を西園寺がにやにやしながら見てくるのがむかつく。

業務スーパーで安いお酒と大容量のキムチやメンマといった渋いつまみを買い込む。菓子類は北条がパチンコ店で交換してきたもので足りるだろう。というかお菓子だけでなくたばこにも交換してきているのだが、こんなものに交換してくるぐらいなら生活費を確保しろと言いたい。

買い出しが終わり僕の部屋になだれ込むと、三人はさっそく荷物を放り出したり脱ぎ散らかしたりし始める。

ああ……、せっかく掃除したのに台無しだ……。

「まあまあ、また片付ければいいじゃないか。そんなことよりさっそく乾杯しよう。今日は質より量だからね。たくさん飲めるよやったねっ！」

急にキャラを変えるな。

「酒を前にしてついテンションが。それじゃあさっそくいつものやつを……」

酒を各々のグラスに注ぎ、つまみを並べたミニテーブルを囲むと西園寺が改まって乾杯の口上を述べはじめる。

「というわけで、この物語に登場する大学生は皆成人済みなのでお酒もたばこもエッチなシーンも問題なし！　乾杯！」

かんぱーい！　とグラスを合わせる三人に遅れてグラスを掲げると、僕の手元のグラスにガチリと音がする勢いで各々のグラスがぶつけられる。割れるからやめてほしい。

相変わらず、誰に向けているのかもよくわからないむちゃくちゃな口上である。

そもそも酒とたばこはともかくエッチなシーンはないのだからわざわざ言及する必要もないと思うのだが。

「必要なら脱ごうか？」

いかにも気を利かせた風を装って東雲が自分のシャツに手をかける。

考えてみるとＡＶとか流しはじめるやつがいるのでエロ要素はもう間に合ってるな。うん。

だからそれ以上薄着にならないでほしい。

実質今日の主役である北条は延々と愚痴を垂れ流し、西園寺はそれに相槌を打ちながら恐ろしい勢いで酒を消化する。東雲は結局脱いでラフすぎる格好になっていて、北条の話の合間にその姿のままベランダに出てたばこを吹かしているし、北条の気分を上げるための配慮か、テレビ画面には大音量でアニメが垂れ流されている。

そんな騒々しい部屋の中僕は黙々と酒とつまみを消化していた。

振り返ってみると今日は朝を除いて散々な一日だった。講義には何回も遅刻しそうになってていらぬ体力を消耗したし、いらぬやっかみを買い続けた。そしてせっかく部屋に帰ってきたのにゆっくりすることもできずご覧の有様である。

いったいどうしてこうなったのやら。

「いやあ、やっぱり持つべきものは友達よね！　こうして皆で集まって騒げば嫌なことも忘れられるし」

一通り愚痴って落ち着いたのか、知能水準が大学生並みに戻った北条が機嫌良さげに語ると、東雲がうなずく。

「それに、こうして気軽に集まれる場所が大学近くにあるのもありがたいね。居心地もいいし、これが実家のような安心感ってやつかな」

西園寺もグラスの酒を一息で飲み干し、親父《おやじ》くさい声を上げてから肯定する。

「いや、むしろハメを外しすぎてもとやかく言われない分実家よりもありがたいね。実家じゃなくてこっちで暮らそうかな」

暮らすな暮らすな、もっと家に帰れよ。ここが他人の家だということを思い出せ。

僕の突っ込みはやけにさわやかな笑い声で流される。僕、家主なのに。

……ふん。どうせ僕がどう言おうとこいつらは問答無用で部屋に押しかけてくるのだ。

今さらこの程度の小言でどうにかなるやつらじゃないのはわかっていた。

やっぱり今日は飲まずにはいられないと、グラスの中の酒をぐいっと飲み干す。

「……ねえ。やっぱり部屋に押しかけて、迷惑だった?」

そんな僕に北条が問うてくる。さっきまで馬鹿みたいに騒いでいたくせに、恐る恐るといった声音と、大人に叱られた子供みたいな表情で。

見ると、西園寺と東雲も無言でこちらを窺うようにしている。

……まったく、ずるいやつらだ。普段はやりたい放題しているくせに、こんな時だけ神妙な態度を取りやがって。

僕のようなはみ出し者にとって、誰かと一緒にいたり騒いだりなんてのは労働に等しい。

世の中には高い金を払ってでも他人と話したがる人々がいるらしいが、とても信じられないことだ。

相手がこんなむちゃくちゃなやつらだとしても、気をつかわなければならないことも気をつけなければならないこともあるので、ひとりでいるときとはわけが違う。僕がこんな風になっているのに普段のこいつらには気をつかう気配がまったくないのが納得できないが。

今までは僕もはっきり嫌とは言わず、なあなあな態度を取ってきたが、ここではっきりと拒否すればこいつらは部屋に押しかけるのを控えるだろう。それぐらいの分別はあるやつらだ。

そうすれば、以前のように静かで快適な生活が戻ってくる。

――それでもその言葉を口にするのをためらってしまうのは、この関係が崩れるのがおしいという気持ちがあるからだろうか。

……そんな辛気くさい顔するなよ。せっかくの酒が不味《まず》くなる。

僕は手酌で乾いたグラスに酒を注ぐと、それを三人に向けて突き出す。

それを見た北条がぱっと顔を輝かせて自分のグラスを掲げると、西園寺と東雲も笑みを浮かべてそれに合わせた。

ミニテーブルの上で四方から突き出されたグラスがぶつかり合い、小気味よい音を立てる。

ああだこうだと考えるのはまた今度にしよう。明日やろうは馬鹿野郎という言葉が脳裏をよぎるが、今日はしこたま飲んで嫌なことを忘れる日だと決めたのだ。

どうせモラトリアムはまだまだ続くのだ。今日急いでなにかを決める必要もあるまい。

先のことはゆっくりと考えるとしよう。

四章　合宿と友情と

大学生活一年目の前期が終わり、夏休みに入った。

七月の後半は試験対策や課題の提出に追われて苦労したが、なんとか大方の単位を取れそうな様子だったのでほっとしている。

断っておくが、これは僕自身の身の上話ではない。パチンコにかまけて講義の出席率がすこぶる悪い北条《ほうじょう》の話である。

北条は先日僕に宣言したとおり、期末試験が近づくと自分の友人たちに土下座をかまして単位取得のための助力を乞うた。友人たちというのはもちろん西園寺《さいおんじ》と東雲《しののめ》、それに僕のことだ。

西園寺と東雲は無条件で助力しようと考えていたようだったが、北条としてもただで助けてもらおうなどと虫のいいことは思っていなかったらしく、ちょっとお高いディナーを奢《おご》るという対価を持ってきていた。

東雲に紹介してもらったバイトの給料が残っていればわけのない出費だったろうが、北条のやつはあっさりとその給料を溶かしてしまっていたので、わざわざ単発バイトに入って稼いだらしい。その辺りの労力を評価して、僕も手助けすることにしたのである。

北条もただ無為に自主休講していたわけではなく、事前情報で講義で配布されているプリントやノートがあればなんとかなることがわかっているような講義を選んで自主休講していた。東雲の交友関係の広さによる情報網と、昨今発達した学生間の情報ネットワークの賜物《たまもの》だ。

そのように情報収集だけは抜かりなく行われていたため、僕たちは皆、だいたいなんとかなるだろうと高を括《くく》っていた。

しかし、今年は学科全体に方針の変更でもあったのか、昨年は安牌であったはずのぬるい講義でしっかり内容を聞いていないと解答ができない試験内容が告知されたり、そもそも課題の類いも出したことなかったような教授が急に期末試験代わりの課題提出を求めてきたりと、想定外の講義がいくつも出てきていて、助ける側の三人も焦るほどだった。

まあ、割としっかり講義に参加していたので単位を落とすほどではなかったが。

油断しまくっていた北条だけは悲惨で、予想以上の試験対策と課題提出に追われてマジ泣きしながらそれらをこなしていた。

そうした北条自身の努力と僕たちのフォローでなんとか期末を乗り越え、祝勝会代わりのお高いディナーと僕の部屋での二次会を経て夏休みに突入したのである。

夏休み中は文芸サークルの定例会もなく、当然講義も存在しないので八月の猛暑の中大学に向かう必要は皆無だ。

そしてそうなれば、大学に近いからという理由で僕の部屋を宿代わりにしていた三人が部屋に来ることもなく、ひとりクーラーの効いた部屋で快適な休暇を過ごす予定だったのだが。

……なんでお前らはわざわざうちに来てくつろいでるんだよ。

僕は部屋の中で思い思いにくつろいでいる三人を順繰りに見回してから、うめくようにして問うた。

「なんでって、家にいると母親が何かと口うるさいから逃げてきたんだよ。こっちは集中して作業がしたいっていうのに、昼間から酒を飲むなとか騒いで集中できやしない」

テーブルに座り、持参したノートパソコンのキーボードを叩《たた》いている西園寺がこちらの方を見もせずぼやくように答える。真面目な顔でノートパソコンを見ているが、傍《かたわ》らに置かれたグラスの中身は酎ハイである。

真面目に作業をするつもりがあるのなら酒を飲むなと言いたい。

「ドーピングだよ。飲みながら作業すると集中できるんだ」

普通酒を飲んだら集中力は低下するはずなので、どう考えても西園寺の思い込みだと思うのだが。

まあいい。他のふたりはなにしに来たんだ。

「あたしは見ての通りよ。せっかくの夏休みだから長編アニメを一気見しようとしてるんだけど、でかいテレビがリビングにしかないから取り合いになっちゃって」

北条はソファーに座ってテレビに流したアニメを見ている。視聴しているのは僕たちが生まれる前にやっていた硬派なSF作品で、確か本編だけで百話以上あるやつだ。

別にでかいテレビじゃなくてもいいだろうに。なんなら最近はパソコンやスマホでも視聴できるんだから、わざわざうちに来てまで大画面にする必要はないはずだ。

「あのねえ……。せっかくの神アニメを適当に視聴するなんて失礼じゃない。できる限り最高の環境を用意して視聴するのが筋ってものよ」

何故《なぜ》か僕の方が説教される側に回っていた。理不尽な話である。しかし、パチンコに行って金を浪費するぐらいならアニメを見ている方が余程健全だ。もうこのましばらくパチンコに行かないでいいんじゃないだろうか。

「今は時期が悪いだけだから……。軍資金が手に入ったらリベンジかけるから……」

あ、そういう……。どうでもいいが、お盆の時期には絶対に打つんじゃないぞ。絶対にだ。

それで、東雲は？

ベランダから飲み物を取りに戻ってきた東雲に対し投げやりに聞くと、冷蔵庫から取り出した水出しコーヒーをグラスに注ぎつつ、肩をすくめながら答える。

「私はゆっくりたばこが吸える場所を求めた結果だね。両親はたばこを吸っててもうるさくは言わないけど、うちはベランダで吸うのも難しいし、換気扇の下で吸い続けるのも憚《はばか》られるから」

確かに屋内でたばこを吸うと壁紙が汚れるとかいうし、東雲みたいなヘビースモーカーには手間かもしれない。

だからといってこれはなあ……。

東雲は快適な喫煙スペースを作るために、わざわざでかいビーチパラソルを持ってきてベランダのチェアの傍らに設置していた。夏の直射日光対策ということらしい。

東雲本人は場の雰囲気に合わせたのか単純に暑いからか、水着まで着用している。普段からぎりぎりまで薄着を目指しているやつだが、人の部屋で過ごすのに純白のビキニはやりすぎな気がする。僕に話しかけられても顔すら上げやがらない西園寺が東雲が隣を通る度に顔を上げてガン見するぐらいには目映《まばゆ》い姿だ。

しかし、東雲があまりにも堂々としているので僕は突っ込むに突っ込めなかった。

せっかくの夏休みなのに、こいつらはなんだかんだ理由をつけてうちにやってくる。それを消極的に許容してしまったのは僕自身なので今さら嫌とは言わないが、どこか遊びに行くとか他の誰かと出かけるとか、そういうことはしないのだろうか。

「あんただってどこにも出かけないで引きこもってるんだから一緒じゃない」

僕は家主だからいいのだ。

え～、と不満の声を上げる北条をさっくりスルーしている僕に西園寺が顔を上げることなく声をかけてくる。

「そういう君は大丈夫なのかい？　文芸サークルの合宿も近いんだから、そろそろプロットなり梗概《こうがい》なりを作っておかないと間に合わないよ」

「合宿？」

注いだコーヒーに口を付けていた東雲が西園寺の話に反応して聞き返す。

「そう、合宿。文芸サークルで毎年恒例らしくてね。三泊四日の泊まり込みで小説を書き上げて発表し合うんだ。そこで受けた指摘を基に修正を加えたものを部誌として頒布するのさ。うちの学園祭……臥竜《がりよう》祭だっけ？　そこで販売もする予定なんだって」

「へ～、おもしろいことやってるのね。プロットはなんとなく分かるけど、こ、こうがいって？」

「梗概っていうのは、要するにあらすじのことだね」

「本の裏表紙に書いてあるみたいなやつ？」

あれもあらすじで間違いないが、西園寺が言っているのは作品のストーリーを一から十までざっくりと書いた大筋のことだ。

新人賞に投稿する際にあらすじを原稿用紙一枚書いてね、なんて注文がつくことが多いが、勘違いして結末まできっちり書かない人がけっこういるんだとか。紛らわしいんだからその辺しっかり応募要項に書いておけばいいのに。僕は賞に応募したことないけど。

……まあそれは置いておいて、合宿の期間だけでゼロから作品を書き上げるのは難しい。

合宿内の締め切りに間に合うよう事前にしっかりと準備をしておくのである。

「まあ、どこまで準備してくるかは本人の裁量だから、初日に顧問の大林《おおばやし》先生に見せるためのプロットだけ準備しておくとかでもいいんだけどね」

「そういうことか。そうすると、合宿までに全部書き上げておいたら楽ができそうだね」

思いついたように口にされた東雲の言葉に、合宿には関係ないはずの北条が目を輝かせる。

「それいいじゃない！　先に書いておけば遊びたい放題か〜。合宿ってどこ行くの？」

「鎌倉《かまくら》だよ」

「鎌倉か〜！　ちょっと近場だけど、観光とかもできるし、海も近いから楽しめそうじゃない？」

「そうだね。ただし、しっかりと準備できたらの話だけどね……」

不穏な台詞《せりふ》を吐いて目を伏せる西園寺に、東雲と北条は不思議そうに顔を見合わせる。

「……なんか問題でもあんの？」

……東雲の案は理論上は可能だ。大林先生に見てもらうプロットがあまりに酷《ひど》いと突っ返されて全修正の憂き目に遭うらしいが、それさえクリアすれば晴れて自由の身となれる。事前に書き上げた作品の出来は最後に評価はされるが合宿期間中に改訂する必要もない。

「大林先生って、うちの基礎ゼミの大林先生だよね？　あんまり厳しいイメージもないし、なんとでもなりそうだけど……」

ふたりの疑問に、西園寺は暗い様子でかぶりを振ると、苦々しげに説明する。

「そこは問題じゃないんだ……。問題なのは、合宿までに作品を準備できないことなんだ……」

「ええ……。そんなに難しいことかしら？　あ、期末試験があったから、皆そっちに集中してて小説を書く時間がないってこと？」

いや、作品のテーマについては一ヶ月前には発表されている。その気になれば試験勉強前にぱぱっと書いておくことはできなくもないのだ。

「じゃあ、なんで……？」

東雲からの質問に解答を口にしたくない僕と西園寺は目線で発言を譲り合うが、頑《かたく》なに言い出さない西園寺に折れて渋々発言する。

別になんてことはない。サークル部員が事前にそこまでしっかり準備できるやつばかりだったら、こんな長期の合宿なんて必要ないということだ。

「……んん？　つまり、どういうこと？」

「それは言葉が遠回しすぎるよ。つまりだね、合宿までに準備するように指示されて、余裕を持って準備してくる人なんてほぼいないんだよ。これは先輩たちから聞いた話なんだけど、毎年プロットを作ってこない人が必ずいるし、小説まで完成させてくる人なんて数年に一度いればいい方なのさ」

困惑する北条の様子を見て、ため息を吐《つ》きながら西園寺が解説する。

「いや、流石《さすが》にそれはその先輩が大袈裟《おおげさ》に言ってるんじゃない？　夏休みの宿題だってすぐ片付ける人はいるのに」

それが不思議と上手くいかないんだよなあ。

「え、じゃあ今ハルちゃんが書いてるのは……？」

「これは最低限提出が必要なプロットだね。ちなみに今日書き始めた」

「駄目じゃん⁉　ていうかあんたは書いてるの？」

お前らがうちに来なかったらゆっくり書くつもりだったんだよ。プロットを。

「全然書いてないね……。ふたりとも課題とかの締め切りはちゃんと守るタイプだと思ってたけど」

何でだろうな……。テーマが出されてすぐはまだ時間があるから書かないし、期末試験が近づくとそれが忙しくて書かない。期末が終わると夏休みだからつい遊んでしまって書かないのである。

やはり、単位がかかっている課題とサークル発表の小説じゃ重みが違うということだろうか。

「まあOB・OGの先輩たちは大林ゼミの卒論で提出する小説をぎりぎりまで書いてなかったっていうから、単位とか関係ないと思うけどね」

そういえば卒論を書かなくて留年した先輩がいるって聞いた覚えがある。

「ああ、五年目の清水頭《しみずがしら》先輩がそうだったかな？」

「本当にそんな人いるんだ……。流石に留年は不味《まず》いんじゃないかしら……」

僕たちの中で一番留年の可能性が高いのは北条だと思うのだが、黙っておくことにする。

サークルのグループラインを見る限りでは今年もみんな駄目そうだ。一昨日ぐらいまでは長時間の執筆で疲れない椅子の話をしていたけれど、今は執筆中におすすめの作業用BGMの話で盛り上がっているようだ。

「才藤《さいとう》さんなんかはクラシックを聞きながら書いてるって言ってるけど、進捗についての質問はスルーしてるね」

そういうやつはたいていほとんど書き進めてないんだよな。書いてる事実だけでマウント取ってるやつだ。

「詩織《しおり》……」

才藤さんの友人である東雲が見たことのないようなしょっぱい顔をしている。

なお、当然僕は見るだけで会話に参加はしていないし、西園寺も同様である。

「ご覧の通り、合宿前にプロットだけ書けばいいという段階でもこのザマだからね。部誌にするための締め切りまで何も手を打たなかったら、締め切りを踏み倒すやつが続出して発行できないなんてことになりかねないってことで、夏休みに合宿をするようになったんだってさ」

「ええ……。作家とか作家志望の人ってみんなそんな感じの人たちなの……？」

プロの作家で毎月刊行なんてことやってる人は何人もいるし、小説投稿サイトに毎日投稿してますなんて人もごまんといるから、そんなことはないはずなのだが……。もうサークルの伝統芸と言うしかないのだ、これは。

「嫌な伝統だね……。全然駄目そうな雰囲気なのはわかったけど、いつから合宿なの？」

「明後日だね」

「明後日⁉」

「……ふたりとも間に合う？」

……まあ、文庫本一冊書き切れというわけじゃない。短編のプロットを上げるだけなら二日もあればおつりが来るはずだ。後は当日までにどこまで詰めておけるか……。

「ボクもなんとかなると思う。書き始めたら筆が早いのだけが取り柄なんだ」

「書くまでに時間がかかりすぎてると思うんだけど」

「帳尻が合って総合的な執筆速度は並ってところだね」

「帳尻合ってるのかしらそれ。……んん？」

そこで、北条が引っかかりを覚えた様子で首を傾《かし》げる。

「……あれ、もしかして、明後日にはふたりとも合宿でいなくなっちゃう？」

「そうだね」

ああ。だから、明後日になったら部屋から出て行けよ。

「ええ〜！　一週間は泊まり込むつもりで荷物準備してきたんだけど！　ハルちゃんも荷物多いから仲間だと思ってたのに！」

不満の声を上げながら自分のボストンバッグを示す北条。荷物でかいなとは思ってたけどそんなに居座る気でいたのかよお前……。

「ボクはここでプロットを書き上げてそのまま合宿に行くつもりだからね」

「そうなんだ。私も他の友達と遊びに出たりはするつもりだけど、宿には使わせてもらおうと思ってたのに」

そう言う割には東雲の荷物は他の二人に比べて少なく見えるのだが。普段使いのかばんの他にはリュックひとつしかない。

「私は他のふたりと違って服が少ないからね。部屋にいる間はほぼ着替えを考えなくて済むし」

お前は部屋にいる間中水着でいるつもりだったのかよ……。

どちらにしろ却下だ。僕が帰ってくるまでは大人しく自分の家で過ごせ。いや、別に帰ってきてからもわざわざうちに来なくていい。

「嫌だ！」

嫌だじゃない。

＊

そんな騒動があってから二日後の合宿当日。僕と西園寺は電車で合宿の開催地である鎌倉に向かっていた。乗り継ぎの回数が多くて面倒ではあるが、大学最寄り駅から一時間程度の距離なのであまり旅行をしている感じはない。

結局大揉めの末、北条と東雲にスペアの鍵を渡して留守番させるということで決着がついた。

部屋に居座りたい北条がイヤイヤ期に突入して駄々《だだ》を捏《こ》ねるし、東雲も便乗して駄々を捏ね始めて非常に面倒くさかった。

強引に追い返してもよかったのだが、ふたりが早くプロット作成に着手しなければならない僕にしがみついて作業をさせない強攻策に出たため、渋々了承したのである。

ふたりには部屋を汚さないように念を押して出てきたが、合宿が終わって疲れた状態で帰ってきたときの部屋の惨状を考えると今から頭が痛い。

「大丈夫だよ、ふたりとも子供じゃないんだから。少なくとも、君が帰ったときに大家さんに部屋から追い出されるようなことはしていないはずさ」

項垂《うなだ》れている僕を見て、隣に座っている西園寺が笑いながら話しかけてくる。

いかにも慰めているような口ぶりで不安を煽るのはやめろ……。というか部屋を追い出されかねないって何をやったらそんな事態になるっていうんだよ……。

「さあ……。そうだね、例えば乱こ――」

はいはいこの話は止めです。

マジでやばい話を持ち出してくるんじゃない。

「でも、君の部屋って防音なんだろ？　隣人にも気づかれなくて、エロ同人みたいな展開も……」

それはない。下の階から苦情が入るだろうし、大家さんの家も隣なんだからすぐに見つかるのがオチだ。だから公共の場でそんな話を広げるなと。

「はいはい。でも、我ながら悪くないアイディアだな……。次の小説の題材に使えそうだ」

西園寺はスマホを取り出して何やら忙《せわ》しなく入力を始める。今思いついた話をネタ帳にでも書き留めているのだろう。そんな暇があったら目の前の小説を書き進めればいいだろうに。

しかもちゃんと周囲をはばかって小説とだけ口にしていたが、どう考えてもジャンルは官能小説だ。ナマモノ、しかも友達を題材にするのは後々問題になりそうな気がするのだが、僕の忠告を西園寺は笑って流した。

……まあ、合宿中の僕は作中に登場しないだろうし、他人事で済むなら別にいいか。

僕も西園寺に倣ってポメラ《電子メモ帳》を取り出して起動すると、小説の原稿データを開いて打ち込み始める。鎌倉までそれほど時間はないが、少しでも原稿を進めて合宿中に楽をしようという算段だ。

しばらくあがきにしかならない執筆を続けるも、ただでさえ早くもない僕の執筆速度はいつも以上に鈍い。これは話の展開に詰まっているからだとか、文章表現に悩んでいるからだとかそういった理由ではない。……いや、そういったこともなきにしもあらずだけど。

一番の問題は、僕の合宿へのモチベーションが著しく低いことだ。ただでさえ人の中に交じるのが苦痛であるのに、これから三泊四日もそんなことを続けなければいけないという事実が鎌倉に近づくにつれて今さらながら重くのしかかってきているのである。

最近妙なやつらが僕の部屋に居着きはじめているが、それだって自分の部屋の中での話だ。自分のホームグラウンドであるからまだ耐えていられるが、完全アウェイの合宿所で僕の精神が持つかどうか、本当に心配である。

高校までの辛い修学旅行や林間学校を乗り切ったのだからもうこんなイベントは起こり

えないと思っていたのに、まさか文化系の文芸サークルがそんなことをするとは思ってもみなかった。嫌な伝統を受け継いできた諸先輩に恨み言を申し上げたい。

そんな愚痴めいた思いが頭の片隅にあって創作なんてできるはずがない。それも一時間にも満たない時間ではたいして捗《はかど》らず、すぐに鎌倉駅に到着してしまった。

「どうしたんだい？　早く降りよう」

このまま電車を降りないでどこか遠くへ行ってしまいたいと逡巡《しゅんじゅん》していたが、西園寺が服の袖を引っ張って催促してくるので、僕はため息を吐《つ》いて席を立った。

駅の階段を下りながら合宿のしおりを確認する。しおりによると、鎌倉駅の旧駅舎時計台前が集合場所であるらしい。改札を出てすぐのロータリーを右手に回ろうとすると、すぐにそれは見つかった。しおりにはご丁寧にも目印である時計台の謂《い》われが事細かに記載してあったが、僕はそれに目を通すこともなくかばんに仕舞《しま》って集合場所へ向かう。

目印には既に七、八割程度のサークル部員が集合していた。

現時刻は集合時間の十五分程度前だが、あれだけグループラインで締め切りへの弱さを露呈していた集団にしては集合意識が高くて感心する。まあ、僕もその集団の一員なのだが。

「おお、お前ら一緒に来たのか。相変わらず仲がいいな」

集団の中にいた男性が僕たちのことを見つけて声をかけてくる。

背が高い割にひょろひょろでマッチ棒みたいな体軀《たいく》、伸ばし放題にされて乱雑に跳ねたくせっ毛、ガリ勉でもしていそうな丸眼鏡という個性の塊みたいな見た目のこの人物が、何を隠そう文芸サークルの部長である樹林《きばやし》先輩である。

「もしかして、昨日から一緒にいたんじゃないか？　ん？」

先輩はにやにやと笑みを浮かべてからかうように言った。

「お疲れ様です、樹林先輩。ボクたちは一昨日から一緒にいましたけど」

焦って否定する僕たちを思い浮かべたのか、周囲のサークル部員も似たような笑みを浮かべていたが、西園寺の平素と変わらぬマジレスでその笑顔にひびが入る。

西園寺があまりにも普通にしゃべったせいでリアクションに困ったのか、複数の視線がこちらに向くが、西園寺の言葉が事実であったので僕は何も言わなかった。

内心、余計なことを言いやがってと西園寺を罵っていたが、こういう時は余計な反応をすれば人にからかいの材料を与えるだけなのだ。別になんてことはありませんよというような顔でいた方がやっかいな流れを避けられる。

「なんだあ？　お前ら本当に付き合ってたのか？」

沈黙する周囲を気にもとめず、おどけたように手を広げながらの樹林先輩の言葉に西園寺が肩をすくめる。

「まさか。彼とはただの友達ですよ。一緒にいたと言っても、他の友達もいましたし」

「はあ、つまらんなあ。うちのサークルはせっかく男女混合なのに色恋沙汰が足りんのだ。もっとこう、ラノベに出てくるみたいなラブなコメディしてるやつはおらんのか」

嘆かわしいと言わんばかりに首を振る樹林先輩に、佐川《さがわ》君が言葉を投げかける。

「サークルにそういうのが欲しいなら樹林先輩が誰かと付き合えばいいじゃないすか」

その佐川君の言葉をきっかけに、同調するように次々と声が上がりはじめた。

「そうですよ。こういうのは部長が率先して事例を作っていただかないと」

「誰かいい人いないんですか、樹林先輩」

「卒業した山河《やまかわ》先輩とはどうなったんですか樹林先輩」

「おい、新垣《あらがき》！　お前その話は止めろって！」

樹林先輩と同学年でありながら後輩面してしれっと燃料を投下した新垣先輩の言葉にサークル部員が沸き立つ。話題の中心は既に僕と西園寺から樹林先輩に移っていた。

大仰な身振りと言葉遣いに、失礼ながら人をまとめるようなタイプに見えない見た目をした樹林先輩が部長としてサークルを統率し、部員から慕われるのはこうして場の空気を壊さぬ気遣いができるからだろう。

僕や西園寺のような輪の外にいるタイプにはありがたい先輩である。本来であれば先ほどのやり取りも、僕たちが軽くいじられれば上手《うま》いこと彼らの輪に入っていけたかもしれない。僕も西園寺も、正解を選ぶことはできなかったが。

というか、今のはだいたい西園寺のせいだ。

言わなくてもいい余計なことをぶちまけてまで話のとっかかりをつぶしてくれたおかげで、さっそく先輩に気をつかわせるハメになった。人のことは言えないが、相変わらずサークルの輪に馴染《なじ》まないやつである。

隣にいる西園寺をちらりと見る。西園寺は笑みを浮かべつつも、樹林先輩を中心とした会話に交ざるでもなく、他の誰かに話しかけるでもなく遠巻きにして眺めている。

こんな様子で何故《なぜ》に文芸サークルに入ろうと思ったのやら。今のご時世、小説を書くため、人から批評を受けるためだけなら文芸サークルに入らずともネットの世界で事足りるだろうに。

……まあ、これも人のことは言えないんだけれども。

しばらくして、気怠《けだる》げな態度を隠しもせずに顧問の大林先生が駅から姿を現す。数名いた遅刻者の後ろを行く大遅刻をかましているのだが、悪びれる様子はかけらもない。

「……おう。全員遅刻しないで集まってるか？」

「ああ、大林先生。お疲れ様です。全員揃《そろ》ってますよ。というか堂々と遅刻してきてそれはないでしょう……」

「私は顧問だから別にいいんだよ」

呆《あき》れたように答える樹林先輩の言葉にもどこ吹く風だ。

ゼミやサークルの定例会ではカッターシャツにタイトスカート姿で、講師としての体裁を整えている大林先生だが、本日はやる気のねえ地味な私服姿である。眼鏡越しに見える目元の隈《くま》だけがいつも通りだった。

「ほれ、揃ってるならさっさと話を進めろ。早く終わらせてたばこが吸いたい」

「相変わらず適当ですね先生。まあいいでしょう。御上《みかみ》、進めてくれ」

「了解です」

たばこを口に咥《くわ》えて催促する大林先生に、樹林先輩が大きくため息を吐いてから合宿担当の御上先輩に進行を渡した。

「はい、えー。それでは皆さん、これから作ってきてもらったプロットを集めまーす。大林先生には合宿担当二号の宮村《みやむら》さんと一緒にそれを持ってバスで先に合宿所に向かってもらいまーす。学生は徒歩でーす。樹林部長の後について邪魔にならないように歩いてくださーい。プロットはちゃんと紙にプリントしてきましたねー？　してない方はそこのコンビニでデータを印刷した後、皆に追いつくために僕と全力ダッシュしてもらいまーす。その後僕がシメます。それじゃあ僕か宮村さんにプロットを渡してくださーい」

一部青ざめた顔をしている部員を置き去りにして、プロットを提出した部員たちが引率の樹林先輩に率いられて出発する。

進行ルートは特に大きな通りということもないので並んで歩くわけにもいかず、縦列隊形でぞろぞろと歩いて行くことになる。当然会話も少なくなり、これからの合宿に向けて盛り上がれる要素はなかった。

「しかし、この真夏の陽射《ひざ》しの中、バスがあるのにわざわざ徒歩移動とはどういうことだろうね」

背後を歩く西園寺が誰に言うでもなく独り言のようにぼやく。僕たちの隣を鎌倉駅から出たであろうバスが追い越していった。合宿所までは歩いて一時間弱。今はその半分程度を消化したところだ。

本来は三十分も歩けば着く程度の距離であるのだが、どういった思惑か途中で無駄に横道にそれて急勾配の遠回りルートを通っているので余計に時間がかかっている。

通学路の上り坂で鍛えられた秀泉《しゅうせん》大生の足でもちょっときつい長さだ。いつもはスカート姿ばかりの西園寺も、本日はカーゴパンツを穿《は》いてきている。

　進路には並木道やトンネルが多いので日陰はけっこうあるし水分補給を徹底させるとはいえ、この暑さの中での徒歩移動はこの後の頭脳労働に差し支えるような気がする。

「はあ、はあ……。し、仕方ないんだよ。合宿所までの徒歩移動は……合宿初開催以来の伝統だ……。それに、昔は鎌倉周辺の文豪ゆかりの地を巡ってから合宿所に向かっていたっていうから……これでも……マシになった方なんだぞ……」

　西園寺の後ろ、列の最後方から新垣先輩が答える。三年生が責任を持って最後尾で列を見守るというお題目なのだろうが、息も絶え絶えな声音を聞くとこちらが見守らなければならない気分になってくる。振り返って様子を見ると、新垣先輩は案の定汗だくだった。

豊満ぼでぇを持て余している新垣先輩にはさぞ辛かろう。

「しかし、伝統だからと言ってこんなことをしていたら、何かあったときに問題になるのではないですか？　ご時世を考えると撤廃を検討してもいい頃合いだと思うのですが」

「確かに一理ある話だがな……。この後俺たちは合宿所に缶詰になって執筆に打ち込むんだぜ……？　今のうちに運動をしておいた方がむしろ健康的ってもんだろ……」

　で、本音のところは？

「伝統なんてくそ食らえだ。今からタクシー呼ぼうぜ」

　懐からスマホを取り出し、けっこう本気な顔をして提案してくる新垣先輩。

後二十分ぐらいで着くのにそれはもったいないだろう。だからスマホの通話アプリは閉じていただいて……。

最後の方は、走って追いついてきた御上先輩たち後発組よりもふらふらしていた新垣先輩を、僕と西園寺が引っ張るようにして歩かせることでなんとか合宿所に到着した。

道路を折れて木立に囲まれた小径《こみち》を進み、木々の間を抜けると、木造日本家屋な合宿所の建物が見えてくる。

はじめて合宿に参加した一年生が、趣のある建物にすげえとかきれいとか声を上げている中で、西園寺が小声でつぶやく。

「なんというか、さっきまで何の変哲もない県道沿いを歩いていたのに急にこんなお洒落《しゃれ》な建物が出てくると困惑するね」

別に他の部員みたいにポジティブな発言をしろとは言わないが、そういう発言は口にするなと……。

「だからちゃんと君にだけ聞こえるように配慮しただろう？」

僕にも聞かせる必要はないのだが、それを口にする前に西園寺がサークル部員についていて玄関に向かったので、ため息を吐いてから僕も追随する。

中に入ると、玄関正面に位置する和室広間で集合して合宿所使用の注意を受ける。女性陣は二階の部屋で寝起きするが、男は二階への進入禁止。寝室では騒がない、騒ぐなら広間で騒ぐ等々。

執筆については、風呂の時間と消灯時間が決まっている以外は自由であるらしい。消灯時間以降に寝室以外で書き続けることは問題ないらしいので、執筆とその他に使う時間の配分は本人の進捗次第ということだ。

噂《うわさ》によると、原稿が進まず泣きながら徹夜で書き続ける人がいたり、事前に準備したプロットにかすりもしない作品を書いて顧問に絞められる人が出たり、すべてを諦めて遊《あそ》び呆《ほう》け、三日目に予定されている発表会で袋だたきにされる人がいたりと心温まるエピソードに事欠かないというから、筆の遅いサークル部員には過酷な合宿になるかもしれない。

僕自身もたいして早いわけではないので、せめて睡眠時間は確保できるようにしたいところである。

大林先生によるプロット確認が完了するまでの休憩時間を経て、執筆時間が開始する。

……さて、どうしようか。

合宿所の敷地内であればどこで書いても問題ないということで、サークル部員たちは思い思いの場所で執筆を始めている。広間でパソコンに向かう人もいれば、自分のベッドでスマホに打つ人もいる。陽《ひ》の当たる縁側や庭に置かれたウッドテーブルは人気スポットで、わいわいしゃべりながら執筆したい人たちが集まっているようだ。

僕はできれば静かな場所で書きたい質なので、そういう場所には近づけない。人としゃべりながら執筆もできるなんて器用なことだと思うが、世の中にはわざわざ作業通話をするためのアプリやサイトがあるというから驚きである。

不器用な僕は人のいない場所を求めてさまよい歩いていたのだが、キッチンのダイニングテーブルが空いていたのでそこに腰を据えることにする。合宿費を抑えるため、三日目夜のバーベキュー以外の食事は各自で近所のスーパーで買うか近くのお店で取るというんでも設定なので、誰かがここを使うこともないだろう。

執筆にあたって共通テーマが定められていて、今回のテーマは〝花火〟だった。

これが中々に面倒なテーマで、事前に定例会でテーマに対するイメージや意見を部員間で話し合っていたのだが、夏だとか祭りだとか、ありきたりな連想しか出てこなかったのである。

まあ、自分の書きたい作品アイディアにつながるような意見を開帳してしまえばパクられ、もといリスペクトされかねないので、毎年こういう事態になるらしいのだが。

「ああ、ここにいたのか。悪いけど、お邪魔させてもらうよ」

僕が愛用のポメラを開いて執筆に入ろうとすると、西園寺が入ってきて僕の向かいに座った。

　せっかく確保した静かな作業場への侵入者につい嫌な顔をすると、侵入者たる西園寺は苦笑しながらも、顔の前で手を合わせて頼み込んでくる。

「別に君とおしゃべりしながら書こうなんて考えてないさ。君がひとりで集中したいタイプなのはプロット作りの時にわかってるしね。場所だけ使わせてもらえればいいんだ。できるだけ静かにしてるからさ」

　……別に誰がどこで書いていようが自由だし、僕にこの場を占有する権利はないのだ。静かにさえしているのなら別にかまわない。

「ありがとう、助かるよ」

　僕の了承に西園寺はほっとしたようにひっそりと息を吐く。助かるなんて、別にここで書けなくても死ぬわけでもあるまいに。大袈裟《おおげさ》なことを言うやつである。

「いや、余所《よそ》で書いてるとサークルの人たちに話しかけられそうでね。ボクもなんだかんだひとりで集中したいタイプだから、集中が切れて執筆が遅れると発表会で吊るし上げられて死にかねないんだ」

　ああ、確かにレアキャラの西園寺が傍にいたら何かと交流したい人はいるかもしれない。ただでさえ普段と違う環境なのに、僕がそんなことされたら執筆なんてとても進められないだろう。

「だろう？　そういう意味じゃここは実に都合がいい。それに、ボクたちがふたりでいれば勝手に邪推してくれて人もそんなに入ってこないだろうからね」

西園寺の物言いはどうかと思うが、人が来ないのは確かに都合がいい。そういうことであれば僕も嫌とは言わない。

「ご納得いただけて安心したよ。それじゃあ、さっさと書き始めようか。書けるときに書いておかないとこの先どんなイベントに時間をとられるかわからないからね」

そう言ってノートパソコンに向かいキーボードを叩き始める西園寺。皆執筆で忙しいのにイベントなんて起きようがないと思うが、早めに進めておくに越したことはないだろうと僕もポメラのキーボードを叩き始める。

しかし、ひとりで集中したいタイプね。

ちらりと正面に目を向けると、西園寺は画面を注視して集中しているように見える。僕の部屋で東雲や北条と話しながらプロットを書いていたときと比べて、執筆ペースはそこまで変わっているようには見えない。

こいつはなんだかんだ器用なので、どこで書こうが誰かに話しかけられようが問題なく作品を完成させられるだろう。それでもわざわざ押しかけるようにしてここに来たのは、あるいは、逃げてきたのは――。

……まあ、別にいいか。

西園寺がサークル内でどういう立ち位置にいようが、僕には関係ない。

僕は頭を切り替えて、目の前の画面にだけ集中することにした。

＊

「よう、ふたりとも順調か？」

二日目の夕方。スーパーで買った軽食で腹を満たした僕と西園寺が執筆を続けていると、キッチンに新垣先輩が顔を出した。

ええ、まあ。

まだなんとも言えないが、集中して書くことができたのでおそらく余裕を持って書き上げることができるのではないだろうか。

「ボクはおそらく時間ぎりぎりにはなんとか書き上がるかと」

ノートパソコンから顔を上げた西園寺も身体を伸ばしながら答える。なんだ、僕よりも進みが早そうに見えたが、そんなに詰まっているのか。

「順調に書けてはいたんだけどね。展開が気に入らなくて途中をごっそり消して書き直しているんだ」

「へえ、明日の昼には発表だってのによくやるな。それで作品が良くなるならいいが、ちゃんと間に合わせるようにな。それはそうと、ちょっとここいらで休憩してあっちで一杯やらないか？」

酒を飲むジェスチャーをしながら誘いをかけてくる新垣先輩に、西園寺が呆《あき》れた顔をする。

「先輩、締め切りを守れと言っておきながらそれはどうなんです？」

「別に誘いに乗る乗らないはお前たちの自由だよ。サークルの仲間との交流を断って執筆に集中するのも、飲んで騒いだ後に徹夜で書くのもな」

悪びれない新垣先輩に西園寺は苦笑しながら肩をすくめ、ちらりと僕の方を見る。酒が入るなら一も二もなく参加すると思っていたが、どうやらそれほど乗り気ではないらしい。こちらを見るのは僕をだしにして断る算段でも立てているのか。

僕としては時間に余裕があるので飲みに参加しても支障はないと思うが、正直なところ面倒くさかった。時間的消耗はともかく精神的消耗で執筆に支障をきたすのも嫌だし、どうせなら締め切りに追われていない心の余裕があるときに誘ってほしい。

そういうわけで断ってしまおうと僕が口を開く前に新垣先輩が言葉を重ねる。

「さっき逗子《ずし》に住んでるＯＢの先輩がわざわざ顔を出してくれてな。差し入れに久保田の萬寿を一升瓶で置いてってくれたんだよ。大林先生が全部飲むぐらいの気でいるから、早く来ないとなくなっちまうぜ？」

「すぐに行きましょう」

西園寺は迷わず席を立って足早にキッチンを出て行った。それを見て新垣先輩がしてやったりという顔をしている。佐川君を慰める会の時といい、後輩の乗せ方が上手《うま》い人だ。

酒につられる西園寺が安すぎるということもあるのだろうが。

「褒め言葉として受け取っておこう。西園寺を引っ張れれば、嫌そうにしているお前も取り込みやすいからな。ちょっと一杯ひっかけるだけならかまわないだろう？」

別に西園寺が釣られたからといって僕が行くとは限らないのだが。

……まあ、いいか。確かに西園寺がいれば部員のひとりやふたりちょちょいと潰してくれて早めに戻ってこられるだろう。いざとなればやつをスケープゴートにしれっと逃げてきてもいいのだし。

「決まりだな。お前らがちょろい後輩でいてくれて助かるよ」

新垣先輩の言い分には引っかかるものもあるがよしとしよう。そもそも自分の意思で入ったサークルなのだから、面倒くさがって部員との交流をおろそかにしてはいけない。

にやにやと笑う新垣先輩に引き連れられて広間に入ると、けっこうな人数が集まっていた。部員の半数程度に加えて大林先生も参加している。

「これで全員か？」

「そうみたいっすね。残りは締め切りがやばいらしいです。樹林先輩は余裕そうでしたけど遠慮するって」

「ああ、それはあいつの配慮だな。参加人数が多いと不参加のやつが気まずいだろうし。けど、そういう佐川はどうなんだ？　昼間は筆が進まないって頭抱えてたじゃないか」

「俺は徹夜すりゃあ大丈夫っすよ！　せっかくの機会なんだから今は楽しまないと！」

新垣先輩の突っ込みに対し自信満々に言い切る佐川君。ぎりぎりを攻めるその精神は尊敬するが、果たして発表会の席でも無事にその自信を維持できるのだろうか。

なんか先輩方が恰好《かっこう》の獲物を見つけたような顔をしているけど。大林先生が我関せずなのは書けさえすれば問題ないというスタンスなのかやる気がないだけなのか……。

とにかく希望者には差し入れの酒が、それ以外にはジュースが配られ、大林先生による乾杯の音頭でぷち飲み会が開始する。

せっかくのいいお酒なのに、つまみはスナック菓子だし杯は紙コップだしで味気ない感じはするが、明日の夜が本番の飲み会であると思えば、これぐらいの方が物々しくなくていいのかもしれない。

「……これは、美味《うま》いな。普段飲んでる酒とは口当たりが違うね」

僕の隣に座った西園寺が、さっそく久保田を口にして感嘆の声を上げる。僕も一口飲んでみたが、確かに飲みやすいなとは感じた。普段から日本酒はあまり飲まないので、何がどう違うとか味がどうだとか、まともな感想は出てこないが。

「まったく、いつもあれだけ飲ませてるのに成長がないな。一流の酒飲みになるにはまだまだ遠いね」

飲み始めた時期はたいして変わらないはずのくせにこの言い草である。飲酒量は確かに段違いだが。

それにいつも飲んでる酒だって量を重視していて味なんて二の次だろうに。そんなんで美味い酒を語れるというのだろうか。

「甘く見ないでもらいたいね。確かに君の部屋で飲んでる酒は安物だよ。学生の稼ぎなんてたかが知れてるしね。けど、うちの父は酒に妥協をしない質だからね。家にいるときはけっこう良いものを飲んでいるのさ。最近はあまり飲ませてくれないからこっそりつまみ飲みするぐらいしかできないけど」

つまみ飲みなんて初めて聞いたわ。というか、西園寺が酒を飲むことをご両親が止めるのはお前が良い酒をガンガン飲むせいもあるのでは？

「なるほど。確かに思い返してみれば、両親が口うるさくなったのは箱に入ってる高いやつを飲み切ってからだったような気がするな……」

何たった今気がつきましたみたいな顔してるんだ。どう考えてもそれじゃねえか。

「いやあ、その時の酒がけっこう度数の高いやつだったから記憶が怪しくてね」

そんなやべえ物を一気に飲み切るなよ……。止められて当たり前だわ……。

そこまでやり取りをして、ふと気がついた。サークル部員と交流すると意気込んで来たのに、結局西園寺としかしゃべっていない。

「……まあそういうわけで、クリスマスの独り身カラオケ会場に降臨した嫉妬の化身ブラックサンタが樹林のやつに性夜の電凸をしたんだが、電話に出るのは遅えわ、やたら焦りながら出てくるわであからさまに怪しくてなあ。問い詰めても尻尾を出しやがらなかったから確実じゃないが、その場じゃ絶対山河先輩となんかあっただろうって話になったんだよな」

「マジっすか！　樹林パイセン、ヤッちゃったやつじゃないすかそれ⁉」

「佐川キモいよ。……けど、ホントにふたりでいたなら水を差しちゃったんじゃないですか、それ。山河先輩かどうかはわからないですけど、相手の人が可哀想《かわいそう》ですよ。樹林先輩はともかく」

「はは、才藤もけっこう言うよな。クリスマスに酒が入ったら仕方なかったんだ。ブラックサンタも後日ちゃんと謝罪してたから勘弁してくれ。……まあ、実際のところ樹林がワンチャンを摑《つか》んだのかもわからんしな。あいつの挙動は怪しかったけど、山河先輩は家族といてスマホ見てなかっただけだって言うし。それ以降も密《ひそ》かに監視したり樹林をけしかけてみたりしたんだが、それっぽい感じもなく山河先輩も卒業しちまって」

「実は今もこっそり連絡を取り合ってたりとか？」

「あるかもな。それはまあ、明日の飲み会の時にでも樹林のやつを飲ませて問い詰めればいい」

広間の中心に目を向ければ、新垣先輩を中心に樹林先輩の恋愛事情についてで盛り上がっているらしい。酒の席とはいえ容赦ない暴露である。というかブラックサンタとは何者だろうか……。

しかし、話題が盛り上がっていると途中から話に入っていくのは難しい。何の話してるのー？　なんて輪の中に分け入っていく面の皮の厚さが僕に備わっていたら、もうとっくにサークルに馴染《なじ》んでいるだろう。

どうやらまた西園寺とふたりちびちび酒を飲んでひっそり退場することになりそうだと思っていたのだが。

「ねえ、ちょっとふたりに聞きたいんだけどさ」

ちょうど話題の切れ目にでもなったのか、才藤さんが僕たちの方に話を振ってきた。酒が入ってうっすらと赤らんでいながらも真剣な面持ちからは、ほぼほぼ沈黙して酒を飲んでいただけの僕たちに配慮したとか、僕たちと仲良くしたくてとか、そういうことではない意図がありそうだった。

「いいよ、どうしたの？」

才藤さんの面持ちを見て、西園寺が居住まいを正す。飄々《ひょうひょう》とした態度でいることが常な西園寺にしては珍しく真面目な対応である。

「……ふたりは、冬実《ふゆみ》と仲がいいんだよね？」

「まあ、そうだね。仲良くし始めたのはつい最近だけど」

「うん、それはわかる。冬実の付き合いがちょっと悪くなったのも最近の話だし」

才藤さんの言葉に幾分かの棘を感じ取ってか、西園寺の表情がわずかに硬くなる。

「昨日集合場所で話してたとき、西園寺さんが何日か彼と、他の友達と一緒にいたって言ってたでしょ？　……もしかして、その場に冬実もいたんじゃないかなって」

「……」

西園寺は即答をしなかったが、沈黙は肯定と同義だ。代わって僕が肯定すると、才藤さんの目の色が変わる。

「やっぱり、そうなんだね……」

先ほどまでの和気藹々《わきあいあい》とした空気はどこか遠くに行ってしまったようで、広間の中は沈黙に包まれている。僕たち以外の面々も才藤さんのただならぬ気配に、息を潜めて事態を見守るばかりだ。

才藤さんが何を言いたいのかはわからないが、何やら不満があるようだ。僕と西園寺は、東雲との付き合いにやましいことは……、まあ、無《な》きにしも非《あら》ずだけれど、東雲の意思に反した何かをしていることもなく、才藤さんから糾弾されるようなことは何もない。だからこそ僕は重い雰囲気の中でも気楽にかまえていた。懸念があるとすれば、西園寺だ。

いつも飄々としていて余裕有り気な西園寺の表情が、珍しくよろしくない。才藤さんに注意が向いており、様子の変化もわずかなので誰も気がついていないがどうしたものか。話に割って入るべきか、あるいはいっそ西園寺を部屋から出してしまうか。色々と案が浮かぶが、そこまで大胆な行動に出る必要があるのか判断がつかずにいるうちに、紙コップの中の酒をぐいっと飲み干した才藤さんが顔を伏せながら口を開く。

「冬実にだって私といないときには別の付き合いがあるのはわかってる。私だってこうやってサークルの活動をしてるんだし。だけど……」

才藤さんはそこで言葉を切ると、顔を上げてきっとこちらの方を睨《にら》みつける。

「だけど、男の部屋に入り浸ってえっちなことをするのは良くないと思う！」

こちらの方——というか、僕のことを睨みながらの発言に、先ほどまでとは別の意味で場の空気が凍る。

「ええ……」

西園寺の漏らした困惑の声に僕は我に返った。

……え？　もしかしてこれ、僕が糾弾されてる？

「しらばっくれないでよ！　ひとり暮らしの男の部屋に女の子が泊まって、何も起こらないはずない！　そ、それも、何泊も!!」

おそらく酒だけのせいじゃなく顔を赤らめている才藤さんの隣にいる、一年生の女子、確か赤城《あかぎ》さんがどこか気まずげに口を開く。

「あ〜……。ごめん。詩織ちゃんの悪い癖が出てるだけだから、気にしないで。この娘、ちょっと信じられないぐらいピュアなだけだから」

は、はあ……。

「けど、はあ……。確かに男子たるもの部屋に女を連れ込んでおいて何もしないなんてあり得ねえよ」

そこで、急に佐川君が才藤さんの言葉に理解を示し始める。

「そういやお前ら、私の基礎ゼミでも急に一緒に連れ込みはじめたな。急に女を三人も侍らせはじめるから何事かと思ったよ。そうすると、部屋に連れ込んだ〝お友達〟ってのは、残りの北条も入ってるんだろう? あんなグラビアアイドル顔負けの身体した女連れ込んでいて何もないは確かにおかしい」

それまで隈の濃い目をとろんとさせながら静かに酒を飲んでいた大林先生までもが急に情報を落としはじめて広間はにわかに騒然とし始める。

「北条さんって、いつも野球帽被ってる顔が良くてヤバい身体したあの娘?」

「冬実ちゃんも美人だしスタイルいいし、確かモデルやってるとか聞いた気がする」

「それに加えて西園寺だろ? これだけ揃えて何もないってのは……」

皆の視線が僕に集中する。ただでさえ居心地が悪いのに話題が話題なのでなおさらだ。

「あっくんさあ、実際のところはどうなのよ? 場合によっては裁判だよ?」

「あ、あっくん……?」

佐川君の口から出た聞き慣れない呼び名に困惑するが、彼の視線は明らかに僕に向けられているので間違いようはない。

どうと言われても、西園寺も合宿初日に説明していたがただの友達だ。いや、僕は未《いま》だに友達だと納得していないところもあるのだが。

「……ええと、一応言っておくと、ボクたちの間には本当に何もないよ？　彼にそんな度胸があったらとっくに関係が壊れてるかもっと爛《ただ》れてるよ。……いや、ナツはともかくシノは何かあっても上手《うま》いこと隠しそうな気がしてきたな……」

僕の言葉に加えて西園寺からのフォローが入るが、余計な一言に才藤さんが反応する。

「うそ……。つまり、本当に……？」

いやいやいやいやいやいや。

その後僕が悪者になりそうになるが、潔白を主張し続けた結果、一通り笑って満足したらしい新垣先輩のフォローもありなんとか場は収まった。

ちょっとサークル部員と交流しようとしただけなのに酷《ひど》い目に遭った僕は、逃げるようにして広間を後にする。酔っ払いの相手もただ話を聞くだけなら訳ないのだが、自分が標的になるとここまで疲れるとは思いもしなかった。

昨日今日で拠点になっているキッチンに戻って席に着くと、電気もつけずに椅子に背を預けて身体を弛緩《しかん》させる。やはりというか、予想以上の消耗をしてとても執筆に向かう気持ちが湧いてこないのだが、ここで怠けてしまうと明日の締め切りに間に合わない可能性がある。

気は進まないが今が頑張り時だろう。

……それでも、ちょっと休息をとるのは許してほしい。

僕が天井を仰ぎ見ながらぼんやりしていると、誰かがキッチンに入ってきて明かりをつけた。

唐突な光に目を焼かれた僕は驚きで椅子から転げ落ちそうになったが、なんとか体勢を立て直す。どこのどいつだとつい睨むように下手人を見ると、それは西園寺だった。

……正直、驚いた。

サークルとの交流に積極的ではない西園寺でも、酒の席なら長居すると思っていた。実際良い酒に釣られて飲みに参加したのだし。ドアの向こうから騒ぐ声がかすかに聞こえてくるので解散したということはないだろうに、いったいどうしたのか。

「そりゃあボクだってたまには自重するさ。小説の方もけっこうギリギリだしね。それに、いざって時の盾がいないと寄ってくる男を飲み潰さなきゃいけなくなる。二日酔いにして執筆に支障をきたさせたら申し訳ないだろう?」

西園寺は苦笑しながら理由を述べるが、わざわざ潰す必要はあるのだろうか……？

「あるね」

妙なところを断言する西園寺。寄らば潰すってどういうことだよ、怖えよ……。

まあ、それはいい。こいつがどういう主義主張を通そうが僕には関係ないのだから。それよりも一応、念のため、気になっていることだけ確認しておくことにする。

西園寺、お前大丈夫か？

僕の問いに西園寺は目を丸くする。

「どうしたんだい、急に。君に心配されるようなこと言われるとなんか気持ち悪いな」

おいこら。

僕は舌打ちすると西園寺から視線を外し、テーブルの上に置きっぱなしにしていたポメラを開く。才藤さんに問い詰められてちょっと様子が変だったから気にしてやったのにこれだ。やはり空気を読むとか配慮するというのは僕の性に合わない。

「ごめんごめん。あまりに柄じゃないことを言うからつい。……別になんにもないよ。心配はいらない」

西園寺の言葉に僕は鼻を鳴らして執筆に取りかかる。今日の内にめどだけはつけておかなければならない。早く書かないと睡眠時間が減っていくだけだ。

画面に集中してキーボードを叩《たた》いていると、正面から小さな笑い声が聞こえた後、キーボードを叩く音がし始めた。

＊

三日目の朝。

本日のお昼までが原稿の締め切りである。朝顔を合わせた人々の表情は様々で、締め切りに間に合わないらしい絶望の表情をしたものもいれば、徹夜をしたのか眠そうな顔の人や、あるいは充血した目をガン開きにしているヤバそうな人もいる。

中には当然余裕そうな人たちもいるのだが、その態度が締め切りに間に合うからなのかすべてを諦めて悟りきっているのかは判断がつかない。

昨日飲み会に参加した人たちは比較的余裕有り気だが、開き直って参加していた佐川君や、飲みすぎて寝入ってしまった人は顔色が悪い。

締め切りに対する向き合い方も人それぞれで中々に興味深い。僕も昨日の時点で原稿をあらかた完成させられていなかったら他人を観察する余裕なぞなかっただろうけれど。

酔って面白いことになっていた才藤さんからは顔を合わせた際に、すごく申し訳なさそうな顔で謝罪された。

「昨日は本当にごめん……。私、お酒が入ると余計なこといっぱい言っちゃうタイプで、それに、その、なんていうか……。男女の仲に疎いところがあるから。冷静に考えたらあのしっかりものの冬実がそういうことする性格じゃないってのはわかりきってたのに」

才藤さんは僕や西園寺に酔って絡んだことだけではなく、友人である東雲がやましいことをしていると思い込んでしまったことへの自責も感じているのだろう。なるほどピュアな人だ。

だが、安心してほしい。東雲のやつ、うちでは才藤さんに言えない程度にはやましいことしかしてないから。わざわざそんなこと吹聴《ふいちょう》はしないけれど。

どちらにしろ僕は気にしていない。所詮は酒の席でのことである。西園寺のやつに同じように謝ってくれたら十分だ。

「もちろんすぐに謝りに行く。……謝った流れで西園寺さんと色々話せるといいんだけど。西園寺さんお酒が好きみたいだから、お酒の力を借りて仲良くなるつもりが、怖がらせちゃったみたいだからなあ」

才藤さんのため息交じりな言葉に驚く。あれだけはっちゃけていた割に細かいことまでしっかりと覚えているらしい。

しかし、才藤さんから見ても西園寺の態度はそう見えていたのか……。

まあ、才藤さんにはどうせなら西園寺が締め切りに間に合わなくなるぐらい積極的に絡んでほしい。たまには焦る西園寺の顔を見るのもオツなものだろう。

「あはっ。捻くれた言い方するじゃん。せっかくの機会だし、そうなるぐらい頑張ってみるよ」

才藤さんと別れた僕はさっそくキッチンに籠もり原稿の最終チェックに入る。誤字脱字はないか、話に矛盾はないか丁寧に確認しながら加筆修正を加えていく。

半分ぐらいチェックしたところで、西園寺がキッチンに入ってきた。

どうやら才藤さんの努力は空振りに終わったらしい。まあ、予想よりは長く西園寺を拘束できたかなというのが正直な感想である。

「なんだ、才藤さんがやけに話しかけてくると思ったら君の差し金か。どうせボクが才藤さんと話し込んだら締め切りで焦る顔が見られるとか思ったんだろう？」

ちょっとむかつくぐらいよくわかっていやがる。せっかく才藤さんと仲良くなれる機会を作ってやったのだから原稿なんか捨てればいいだろうに。

「悪いけどそういうわけにはいかないよ。原稿を落としたら発表会でどんな目にあわされるか……。過去には原稿を落としたことをボロクソに叩かれすぎてプロデビューした人もいるらしいからね」

ええ……。

何がどうなったらそんなことになるんだよ。流石《さすが》にそこまでボロクソに叩かれないだろうし、逆に叩かれてプロデビューできたならいいことじゃないか。

「いや、その人はプロデビューしたはいいものの、次作の締め切りを恐れるあまり無理をしすぎたせいで身体を壊して断筆したらしい。だから、合宿で叩かれると作家としての寿命がごっそり減るって評判なんだって」

……この合宿呪われてるんじゃないか？

「まさか。これは酒の席で先輩が面白おかしく語って聞かせてくれた話だったけど、合宿で叩かれたからデビューできましたなんて因果関係が薄すぎるじゃないか。そんなんでデビューできたらこのサークルからプロ作家が何人も輩出されてるよ」

まあ、それはそうだ。もし作家生命と引き換えに本を一冊でも世に出せるなら、喜んで締め切りを破る人が続出するだろう。

「そういうことさ。けど、締め切りを破ったら理由をねちねち詰められるのは本当らしいからね。原稿は書き上げておかないと後が恐《こわ》い」

西園寺は笑いながらそう言って席に着くと、ノートパソコンを起動して執筆に取りかかる。何だか誤魔化《ごまか》されたような気がしなくもないが、別にいいか。僕も早いところ仕上げに取りかからねば。作品をちゃんと発表できたとしても、作品の出来が悪ければ叩かれるのは変わらないのだ。

しばらくして原稿のチェックが一通り終わった僕が顔を上げると、西園寺は席にいなかった。集中していて離席に気がつかなかったらしい。

僕は大きく伸びをして身体をほぐすと、冷蔵庫に入れていたコーヒーのペットボトルを取るため席を立つ。軽く休憩を入れたらもう一度原稿チェックを行おう。こういうのは余裕があれば何度やっても困らないのだ。

コーヒーのボトルを取り出して一口飲んでから振り返ると、ちょうど西園寺の席に残されたノートパソコンの画面が目に入る。不用心なことに、原稿を表示したままだった。

僕は何気なくテーブルに近づき、ノートパソコンの画面に表示された原稿を確認する。マナー違反だとは思ったが、西園寺が手こずっているという作品がどんなものかちょっとだけ覗《のぞ》いてみたかったのだ。

*

夏美はベッドの上で男たちによって拘束された。四肢を押さえつける男たちの、身体を舐《な》め回《まわ》すような視線に夏美は嫌悪感を覚えるが、どれだけ力を込めて拘束を解こうとしても飢えた男たちの力にはかなわない。

「そんなに嫌がらなくてもいいじゃん」

「そうだよ。どうせなら楽しんだ方がお互いのためっしょ」

「こんなエロい身体してんだから、今までだって男をとっかえひっかえして遊んでるんだろ？」

野卑な言葉をぶつけられて、夏美は頬《ほお》を紅《あか》く染めた。

「いや、その娘は未経験だよ。本人の自己申告によればね」

男たちの背後から、声がした。夏美がいつも聞き慣れた、友人の声。

「冬子ちゃん、なんで……⁉」

夏美の問いに、左右に男を侍《はべ》らせた冬子は普段見せたことのないような艶然とした表情で答える。

「夏美とはもっと仲良くしたいんだよ、私は。そうするにはこうするのが手っ取り早いかなって。それに、見てみたいんだ。彼の部屋で、知らない男に嬲《なぶ》られた夏美が、どんな表情を見せてくれるのか」

冬子が手で合図すると、男たちが楽しげな声を上げながら夏美の衣服に手をかける。

「いや！　こんなの……！」

夏美は一層激しく抵抗するが、それも虚《むな》しく夏美のシャツが無残にも破り去られ――。

＊

……って、おい。

僕が思わず画面に向かって突っ込むのと、西園寺が戻ってくるのは同時だった。

「あ」

あ、じゃねえよ。お前、ナマモノはあれほど止めろと。

思わず、といった風に声を上げる西園寺を僕は問い詰めた。西園寺は一瞬ひるんだものの、むしろ胸を張って堂々と反論する。

「何を勘違いしているんだい？　その作品に登場する人物は実在の人物じゃないから、ナマモノではないよ」

そう主張するなら、せめてもうちょっと名前を捻れよ。

「実在の人物ではないけど、実在の人物を参考にキャラクターを設定しているから、これは仕方ないんだ……。というか、君こそ人のパソコンを勝手に見るなよ。君だって部屋のパソコンの中を勝手に漁《あさ》られたくはないだろう？」

いや、それは申し訳ないし部屋のパソコンは勘弁してほしいのだが、見えてしまったものは仕方ないじゃないか……。

それよりもだ。

「な、なんだい？」

この原稿、発表会に出す原稿じゃないだろう？　こんなもの発表会で出せるわけがないし。そもそもこれ、行きの電車で思いついたやつだろうが。

僕の指摘に西園寺が言葉を詰まらせる。何か言い訳をしようとしてか、口をもごもごとさせていたが、やがて力なく肩を落とした。

「……その通りだよ。発表会用の原稿は昨日完成させてるんだ。それは、なんというか、時間つぶしのために書いてるやつで」

時間つぶし、ね……。

西園寺の言葉を反芻《はんすう》しながら僕が脳裏に思い浮かべたのは、昨日今日と西園寺と仲良くすべく気合いを入れていた才藤さんの姿だ。

おそらく才藤さんは、あまり酒に強くないのに西園寺と話をしたいがために昨日の会に参加したんだろう。

別に西園寺と才藤さんが仲良くなろうがならなかろうが僕には関係ないし、友達を選ぶのは西園寺の自由だとは思う。しかし、才藤さんの頑張りを見てフラットだった僕の天秤《てんびん》は傾いていた。それ故に、僕はついつい普段なら踏み込まない一歩を踏み込んでしまう。

小説なんていつでも書けるけど、サークルの部員から逃げ回っている西園寺が才藤さんと自然な雰囲気で話す機会はそうそうない。サークルに溶け込む絶好のチャンスだろうに。

そこで、自身が口にした一言に僕は顔をしかめる。こんなこと、外野が言ってもどうにもならないのだ。小言ひとつで改善されるぐらいなら、とっくに西園寺もサークルに溶け込んでいるだろう。

得られるものは僕と西園寺の間に流れる気まずい空気だけ。そう思っていたのだが、僕の言葉を西園寺は濁すでもなく否定するでもなく、ため息と共に肯定する。

「逃げている、か。確かにそうだね……」

素直に認めたことに驚く僕を余所《よそ》に西園寺は顔を伏せ、弱々しい声で続ける。

「けど、どうしても駄目なんだ。彼らと話していると、どうしても仲良くなることが恐くなってしまって」

……仲良くするのが、恐い？　嫌だとか、面倒くさいではなく？

聞き返す僕に西園寺は小さく笑う。

「面倒くさがってるのは君の方だろう？　……この際だからボクの痛い過去を披露しようか」

痛い過去？　酒浸りの今が痛くないみたいじゃないか。

「真面目に話をしようとしているときにちゃちゃを入れてくれるなよ。……まあ、でも、これぐらいのノリの方が話しやすいか」

湿っぽい雰囲気を嫌った僕の発言に、西園寺は苦笑しながらも先ほどよりは気楽そうな様子で語りはじめる。

「……ボクの一人称は小学校の頃からずっとこれでね。思春期になれば自然と切り替えるものなんだろうけど、何故《なぜ》だかタイミングを逃してしまったんだ。小学生の頃なら別にそうでもなかったけど、中学生にもなるとさすがに女子の間じゃ浮いてね。おまけに本にかぶれて女らしくない口調で話すものだから、学校生活は惨憺《さんたん》たるものだったのさ」

ああ、痛いっていうのは中学生特有の……。確かに中学生っていうのは異物の排斥に一番積極的な年頃だろう。ちょっとした理由からいじめや排斥を受けることなんてざらな話。僕にも、覚えがある。

というか、そんなことがあって言葉遣いを改めようとは思わなかったのだろうか。

「まあ、孤立してたせいでほとんど人と話さなかったからね。こっちも誰かに話しかけるのは恐くて仕方なかったし、改善の必要も機会もなかったのさ。そういうわけで中学時代はろくなものじゃなかったんだけれど、高校ではなんとかしようと思ったボクは一念発起して高校デビューを狙ったのさ」

なるほど、もう話が見えてきたな……。

「たぶん君が思っている通りだね。中学の同級生が一緒にならないようにわざわざ県外の私学に入って、身だしなみを整えて。板についた口調を封印することも辞さないつもりで、思いつく限り万全の態勢で臨んだんだけど、まあ失敗した」

知ってた。そこまでやって、どこに敗因があったというのだろうか。

「ひとつは完璧にやりすぎたことだね。自分で言うのもなんだけど、勉強も真面目に頑張っていたし、秀才美少女としては百点だったと思ってる」

自分で言うなと言いたいところだったが、西園寺の容姿に関しては否定できる要素はない。

「あともうひとつ。これが決定的だったんだけど、女子と話すのが恐かったから男子とばかり仲良くしていたら色恋沙汰に巻き込まれてね……」

ええ……。

「一回ボクの知らないところで修羅場に巻き込まれたときはすごかったな。知らない女子がいきなり水をぶっかけてきた上罵倒までしてくると思ったら、友達の男子のひとりが割って入ってきて〝西園寺に手を出すな！〟って」

女性向けの小説にありそうな展開だな、惜しむらくはファンタジーじゃなくて現実なことだけれど。

「いやまったく。まあそこから紆余曲折《うよきょくせつ》があって、最終的に人間関係をすべて清算することで平穏を取り戻したんだ」

その紆余曲折が非常に気になるが、追放、じゃなくて転校だとかそういう話にはならなかったんだな。そうでなくても雰囲気は最悪になっていそうだが。

「転校なんてそうそうするものじゃないからね。雰囲気というか扱いは腫れ物がいいところだったかな。ボクも良くは言われなかったけど、相手の女の子が色々やりすぎて周りから引かれてしまってね。差し引きゼロってところさ。……まあそんなわけで失敗に失敗を重ねたボクは、女の子に苦手意識を持ちながら、修羅場が恐くて男子も近づけられないようになったというわけだ」

西園寺は話を締めくくると、すべてを出し切ったというように大きく息を吐く。

西園寺がサークルの部員たちと仲良くしたがらない理由は大体わかった。昨日の才藤さんに怯《おび》えていたことも納得できたし、絡んでくる男子を容赦なく酒で潰しているのは親しくなりすぎないための壁だと推察できる。たぶん。

しかし、西園寺の説明だけではまだ疑問が残る。

人との関わりを恐れているのであれば、僕や北条、東雲と連んでいる現状はどうだというのか。

「それは、君のおかげってところかな」

……はあ？

思わず何言ってんだこいつ、というニュアンスで声が出た。そんな僕を見て西園寺は苦笑する。

「最初に飲んだときにも言っただろう？　君が、ボクという存在に興味がなさそうだったからさ。わざわざサークルに入ってる癖に進んで孤立している節もあったし、君となら一緒にいても傷つかないで済むんじゃないかって。ナツとシノとの絡みは予想外だったけど、ふたりの人となりはわかりやすかったし、ボクと同じで色々苦労してきたみたいだったからね。それに、あんな良い身体した女の近くにいられると思ったらつい」

おい。

というか、女は苦手だったんじゃないのかよ。

僕の突っ込みに、西園寺は遠い目をして語る。

「苦手で手の届かないところにいるからこそ女体に憧れたんだろうな、ボクは……」

やたらAVに詳しかったり官能小説書いたりしてるのはそういう理由か……。自分が女だということを忘れてるんじゃないかこいつ……。

「……ごほん。そういうわけで、ボクにとって君たちは特別なのさ。君たちと馬鹿みたいに飲んで騒いでいられたら、もう十分なぐらいに」

だから、無理してサークル部員と仲良くする必要もないと？

「……そうだね。それが一番、疲れずにすむから」

……僕にはこれ以上西園寺に何も言うことはできなかった。西園寺の放った言葉は、僕にとってあまりにも重い。

「だから、できれば今日も締め切り時間ぎりぎりまで執筆を続けていることにしたいんだけど……。駄目かな？」

恐る恐るといった様子で問うてくる西園寺。僕はしばし逡巡《しゅんじゅん》したが、結局了承する。

「ありがとう、本当に助かるよ。……やっぱりお礼をしておくべきかな？　これは」

西園寺はほっとした表情をすると、すぐにいつもの余裕ある笑みを浮かべて自らの服の胸元を引っ張ってみせる。

僕が思わず顔をしかめると、西園寺はくつくつと楽しげな笑い声を漏らした。

＊

この合宿所の喫煙場所は、庭の片隅に存在していた。

目立たない端の方に灰皿をひとつだけ置いた簡素なもので、椅子やそれに類するものも置かれていない。

喫煙者に厳しい昨今のご時世を如実に表しているようだった。

僕はそこでひとり、たばこを吸っている。元々サークル部員の喫煙者が少ないこともあるだろうが、皆が発表会でへこまされ荒《すさ》んだ精神を癒やすべく、合宿のメインイベントたるバーベキューの準備にかかっているからだろう。

僕がここにいるのはまあ、おサボりというやつである。

本来であれば皆と一緒に準備を進めなければならないのだろうけれど、胸に溜《た》まったもやもやを消化しきれなくて身が入らなかったのだ。

たばこの煙を吐き出しながら考えるのは、西園寺のことである。

西園寺が文芸サークルに馴染もうとしないのはやつの勝手だ。北条や東雲と一緒にいるだけで十分というのなら（僕の部屋で溜まるのは不本意だが）別にかまわないし、とやかく言うつもりはない。

だが、本当にそれでいいならサークルなんて辞めてしまえばいいだろうに、西園寺は未《いま》だにこの場に留《とど》まっている。まさか、僕がいるからなんて理由で居続けているということはあり得ないだろう。

だからこそ、西園寺のやつがサークルにまだ思うところがあるのではと、そう考えてしまうのだ。

だからどうするということは僕も何も考えてはいない。ただ現状の中途半端さを鑑みて、勝手にもやもやしているだけなのである。

一本目のたばこを吸い終わると、僕は二本目を取り出して火をつける。

吸い込んだ煙を空に向けて吐き出していると、近づいてくる足音に気がついた。僕が不在なことに気がついた西園寺が探しに来たのかと足音の方に目を向ける。

「よう。一年生《下っ端》のくせに堂々とサボりなんて、良い度胸してるじゃないか」

足音の主である新垣先輩は、ニヤリと笑いながら灰皿に近づくと、ポケットからたばこの箱を取り出した。どうやらおサボり仲間であるらしい。僕はさっと自分のライターを取り出した。

「お、悪いな」

新垣先輩はたばこに火をつけるとけむりを吐き出しながら相好を崩した。

「いやあ、原稿を仕上げた後の一服は格別だな。発表会も乗り切ったし、後は皆で騒いで帰るだけだ」

乗り切ったというには、皆の受けた傷は深いように見えたが問題ないのだろうか。

「今日はあれでいいんだよ。今回受けた指摘をちゃんと自分なりに呑み込んで、それを本当の締め切りまでに作品に落とし込めれば」

なるほど、ここから地獄の改稿作業が待っているということか。今日の時点で（一部を除いて）作品を書き上げているわけだから、原稿を落とすことはないだろう。ただ、締め切りまでにちゃんと改稿できなければ、引き延ばしもできずに出来の悪い小説を衆目に晒すことになるのだ。

「そういうことだ。お前だってあれこれ言われたんだから、ちゃんと直せよ？」

それはもちろんである。しかし、意外だ。新垣先輩が喫煙者だったとは。今まで吸っている様子はなかったし、大学の喫煙所で出くわすこともなかったのに。

「ああ、俺はファッション喫煙者だからな。普段は吸わないけど、付き合いのために吸ったりしてるんだ。そんな時代じゃないかもしれないが、酒もヤニもなんだかんだ特定の相手にはいいコミュニケーションツールになるからな」

なるほど。確かに西園寺のようなアルコール依存症予備軍とコミュニケーションを取るなら酒は必要なたしなみだし、ヘビースモーカーな東雲と仲良くするならたばこは必須だろう。

……ん？　それでいうと、新垣先輩が今たばこを吸っているのは？

「そりゃあ、お前さんと話すためだろうがよ。普段は周りに合わせてにこにこ笑ってるくせに、発表会からこっちずっとしけた面してるからな。ここらで先輩風を吹かせようと思って絡みに来たわけだ」

……なるほど。やはり周りをよく見ている方である。顔には出さないつもりでいたが、新垣先輩にはお見通しであったらしい。

「で、何がどうしたかは知らんが、この先輩様に話してみろよ。話すだけでも頭の整理がつくもんだし、上手《うま》くいけばなんか良い案出してやれるかもしれないぞ」

ありがたい申し出ではあったが、僕は躊躇《ちゅうちょ》する。午前中のことを話せばどうしても西園寺の過去に関わる話をしなければならない。僕が勝手に他人の過去を話すのはいかがなものだろうか。

……まあ、いいか。西園寺も新垣先輩には世話になっていると思っているようだし、新垣先輩もむやみにこういう相談事を吹聴《ふいちょう》するタイプでもない。新垣先輩であるなら、問題ないということにしよう。

そうして、僕は新垣先輩に午前中の西園寺とのあらましを説明した。といっても、西園寺がサークル部員と仲良くしたいのに昔のことでびびってる、という感じのことを伝えただけだったが。

「なるほどなあ」

新垣先輩は一言それだけ言って、二本目のたばこに火をつける。僕は新垣先輩にざっくりとした説明しかしていない。なので、先輩の言葉がすべてを了解してのことなのか、ただ相槌《あいづち》を打っただけなのかわからなかった。

言うべきことは伝えてしまった僕は、新垣先輩の反応を窺《うかが》うように見ていることしかできない。

しばらく無言でたばこを吸っていた新垣先輩は、長くなったたばこの灰を灰皿に落とすと口を開いた。

「俺が医者の息子ってことはお前も知ってるよな？」

唐突な問いかけだったが、僕はともかく首肯する。

「うちは親父《おやじ》もお袋も開業医でなあ。こう言っちゃなんだが、金に困ったことはなかったんだ。だから俺はいいマンションに住まわせてもらってるし、バイトをしてなくても好きなように暮らせてるってわけ。二浪しても医学部に入れなかった親不孝者には過ぎた生活だよ」

自慢なのか自虐なのかわからないことを言って新垣先輩は笑うが、唐突に始まったリアクションのしづらい身の上話に僕は困惑するばかりだ。流石《さすが》に西園寺を相手するみたいにちゃちゃを入れるわけにはいかない。

「そんなわけで金回りはいいからな、お前たち後輩に奢《おご》ったり金のない同期に貸し付けたりなんかして有り難がられてる。持田《もちだ》が仕送りの八万をパチンコで一日で溶かしたときは流石にためらったけどな」

急に持田先輩のとんでもねえやらかし話が出てきたが、どこか身近で聞いた話のような気しかしない。あのパチンカスが一日でそんな額負けてきたら、僕たちにはどうしようもないので夜の商売か卯月社長《バイト先》に売り渡すしかないだろう。

「けど、そういうことやってると、逆に色々考えちまうわけよ。皆が慕ってくれるのは俺が金を出してるからじゃないか、所詮ATMと思われてるんじゃないかって」

……そんなことはないだろう。確かにそういう面倒をみてもらってありがたがっていることもあるかもしれないが、それだけではないと断言できる。こうして相談に乗ってもらっていることに金銭は関係ないのだから。

「ありがとうよ。まあ、そん時の俺はそういうことを考えて勝手にへらってたのさ。今となっちゃ阿呆《あほう》な話なんだが。それを、樹林のやつに救われたんだ」

樹林先輩に？

「ああ。今のお前みたいにしけた面した俺の話を聞いてくれてな。素晴らしい助言をしてくれたよ。なんだと思う？」

楽しげに聞いてくる新垣先輩に、僕は苦笑して首を横に振ることしかできない。先輩はそれを見てそりゃそうだろうなと頷《うなず》くと、にやけ笑いと共に答えを開帳する。

「あいつはな、そんなに気になるなら金を出すのを止めればいいなんて言い出したんだ。当時の俺からすればこいつ何言ってんだって感じでな。そんなのやってみて皆にそっぽを向かれたらどうするんだって反発したらあいつ、〝そうなっても俺はお前の友達だから大丈夫だ〟なんて自信満々に抜かしやがる。そうやってうじうじしてるぐらいなら、玉砕してすっきりすりゃあいい、ここにひとり友達が残るからなんてな」

それはまた無茶苦茶《むちゃくちゃ》な話というか、やり方が脳筋すぎるというか……。

「だろう？　それでまあ、なんだかんだその場の勢いでやってみたんだよ、小遣い止められて金がねえってな風に。そしたら、後輩にはめちゃくちゃ心配されるし、金貸してた同期は小銭だけでもって返そうとしてくるし、普段奢《おご》られたことない先輩にもごちそうになったりで、俺の考えが杞憂《きゆう》だってのが証明されたわけさ」

先輩はたばこの吸い殻を灰皿に投げ捨てると、話を締めくくりにかかる。

「そんな経験をした俺から言えるのは、誰かが西園寺の背中を押してやればいいってことだな。で、押したなら押したで最後まで責任を取ってやりゃあいいんだよ。……あ、責任ってのは結婚でもいいんだぜ？」

結婚はどう考えても飛ばしすぎである。

しかし、なるほど。先輩の言いたかったことは理解できた。自分がこれからどうすればいいかも。

僕は新垣先輩にお礼の言葉を伝えると同時に、さらなる相談に乗ってもらうことにした。

「へえ、なんだよ。後輩の相談ならできる限り乗ってやるぜ？」

新垣先輩は三本目のたばこに火をつけながらそう請け負ってくれた。

それは大変ありがたい。それなら安心して新垣先輩に話を切り出すことができる。

――新垣先輩、金貸してくれませんか？

新垣先輩は盛大にむせた。

＊

僕が買い物を終えて合宿所に戻ってくると、ちょうど玄関から出てきた才藤さんと出くわした。

僕のことに気がついた才藤さんは、遠目に見てもわかるぐらいに眦《まなじり》を吊《つ》り上げて僕に詰め寄ってくる。

「ちょっと！　飲み会途中にどこ行ってたの⁉」

僕は才藤さんの尋常ではない剣幕《けんまく》と、何故《なぜ》怒られているのかわからない困惑でたじろいだ。確かに合宿の締めくくりである飲み会を中座するのは褒められたことではないとは思うが、ここまで怒られるような話であるかというと疑問だ。

僕がびびって理由を聞き返せないでいると、幸い才藤さん本人から解を聞くことができたが、その内容に首を捻《ひね》ることになった。

「もう！　西園寺さんを置いてどこか行っちゃうなんて！　ちゃんと見ててあげないと駄目じゃない！」

西園寺を？　よくわからないが、西園寺なら今頃並みいる男どもを酒の力でばったばったとなぎ倒し、屍《しかばね》の山の上で高笑いしているはずだ。

「それはもう終わったの！　今は隅っこに座ってひとりでお酒飲んでるから、早く行ってあげて」

僕の予想以上に早いペースで男性陣を片付けた西園寺に驚いたが、それよりも才藤さんの口ぶりがおかしくてつい笑ってしまった。

ちゃんと見ててあげなくちゃだとか、ひとりにするなとか。才藤さんと同い年のはずの西園寺が子供か小動物みたいな扱いだ。

ちょっとしたからかいも交じった僕の感想にまた怒られるかと思っていたが、予想外なことに才藤さんは当たり前だと言わんばかりにうなずいた。

「決まってるでしょ。今西園寺さんが懐いてるのはあなただけなんだから。……悔しいけど、私や他の人とじゃ西園寺さんは楽しめないだろうし」

才藤さんの表情はどこまでも真剣で、どこまでも大真面目に言い切った。……まったく、こんなできた人が近くにいながら日和《ひよ》っているなんて。

西園寺は僕の予想以上のペースで飲んでいるようだし、やつを案じる才藤さんの存在はますます都合がいい。

焦《じ》れた様子の才藤さんを伴って、僕は飲み会会場である庭に向かう。

庭には僕が出たときよりも明らかに人数が減っていて、大林先生と樹林先輩を中心に盛り上がっているらしい。

庭から広間を覗くと、敷かれた布団に何人もの屍としか言い様がないものが寝かされている。いや、唸《うな》るような声が聞こえてくるから、この場合はゾンビの方が正しいか。

縁側に座って広間の様子を見ていた新垣先輩がこちらを振り返った。先輩は僕に気がついてにやりと笑うと、庭の隅の方を示す。そこでは西園寺がひとりでテーブルに座り、ちびちびと酒を飲んでいた。どこかふてくされたようにも見えるが、僕がひとりで近づいていくと僕の顔を見て文句を言い始めた。

「ちょっと、どこに行ってたんだい？　せっかくノルマをこなして飲み直そうと思っていたのに、いいタイミングでいなくなって」

僕は形だけ謝罪を口にしつつも、西園寺の対面に座る。

西園寺はテーブルの上の空のグラスを引き寄せると、傍《かたわ》らのビール瓶の中身を注いで僕に渡してくる。僕はそれを受け取ると、ぐいっと一息に飲み干した。

「おお、今日は思いのほか気合が入ってるね。いつもならビールは得意じゃないからってちびちび飲むのに」

僕は駆けつけ一杯というやつだと、平然としているように見せながら答えた。ただでさえ苦手なビールを一気なんて、入念な準備をしていなければとてもじゃないができない。

僕は西園寺のグラスにビールを注《つ》ぎ足《た》す。西園寺も注がれたそれを、ぐいっと飲み干した。

にやりと笑う西園寺に、僕も笑みを返す。

そうしてくだらない話をしながら酒を注ぎ、注がれしていると、やがて手近なところから酒がなくなってしまった。西園寺と周囲を固めていたであろう男性陣が飲んだ後の残りと考えればこんなものだろう。

「さて、ちょうど酒も切れたしここらで終わりだね。いやあ、とりあえずお互い合宿も無事に乗り切れたというところかな？」

満足した様子で伸びをする西園寺。

もう終わった気でいるようだが、そうはいかない。まだまだ夜はこれからなのだ。

「はあ？」

不思議そうな顔をする西園寺に僕は宣言した。

今日は行くところまで行く。お前には最後まで付き合ってもらうぞ。

「はあ!?」

突然の宣言に目を見開き、驚愕《きょうがく》の声を上げる西園寺。珍しい姿を拝んでご満悦な僕に、西園寺は焦った様子をみせる。

「いやいやいや、急にどうしたんだよ？　別に今じゃなくていいだろう？　はじめてふたりで飲んだとき、行くところまで行ってどうなったか忘れたのかい⁉」

もちろん覚えているとも。いや、最後の方の記憶は怪しかったが。阿呆みたいな話題で盛り上がったり、何故かお前が中途半端に脱いでいたりで大変なことになった。

「その通りさ！　今そんなになるまでぐでんぐでんになったら、何をやらかすやら……！」

ちらりと周囲を確認し、騒ぐ僕らを見て何事かと注目するサークル部員に顔を引きつらせる西園寺。

「と、とにかくボクは飲まないからな！　酒もちょうど切らしてるし、もう十分――」

西園寺の言葉は、僕がテーブルに乗せた化粧箱を見て途切れた。

「そ、それは……！」

ふむ。酒には詳しくないので、新垣先輩から借りた金で買える中で一番高い日本酒を適当に買ってきたのだが、西園寺の心を引き寄せるには十分な効果があったらしい。諭吉先生が五枚も消し飛ぶ酒がスーパーで買えるとは思いもしなかったけれど。

西園寺が飲みたくないというならしょうがない。この酒は僕がひとりでおいしくいただくとしよう。

「ぐう……！　ひ、卑怯《ひきょう》だぞ！」

何やら効いている様子の西園寺を無視して無造作に瓶を化粧箱から取り出し、その蓋を開けると手元のグラスにそれを注ぐ。

「ああ、別の酒が入っていたようなグラスでそんな無造作に……！」

騒ぐ西園寺を余所《よそ》に、僕は注がれた酒に口をつける。

……うん。普段飲むような安酒とは違うなとは思うが、以前西園寺と飲んだちょっと高い酒との区別がさっぱりわからない。

やっぱり僕に飲兵衛《のんべえ》としての才能はないなと思いながら酒を飲み下していると、西園寺が叫んだ。

「わかった、飲む、飲むよ！　その酒をそんな雑に飲まれてたまるか！」

ちょろいやつである。

何やら不機嫌そうに新しいグラスを持ってきた西園寺に、日本酒を注いでやる。

「くそっ、どういうつもりでこんなことしているかは知らないけど、倒れたって知らないからな！」

それなら問題ない。協賛者兼出資者兼プロ飲酒ストッパーとして新垣先輩が見ていてくれる。本当にヤバい時はあの人がきっちり止めてくれるから、存分に飲むといい。

悪態を吐く西園寺に、縁側でにやにや笑ってこちらを眺めている新垣先輩を示すと、西園寺は先輩を睨《にら》んだ。が、それを肴《さかな》に美味《うま》そうに酒を飲み始めた先輩を見て舌打ちして視線を戻す。

まあ、そういうわけでお膳立ては済んだ。出会ってからこの方、お前には潰されっぱなしだからな。ここいらでお礼参りといかせてもらおうじゃないか。

僕は手酌で日本酒を注ぎ足したグラスを掲げて、西園寺に宣戦布告する。

苦々しげに僕と酒を交互に見ていた西園寺は、意を決したように自分のグラスを僕のグラスに近づける。

試合開始のゴングのように、グラス同士が甲高い音を立てて鳴り響く。

さあ、乾杯だ。

*

僕が不在の間も酒の勢いでアタックしてくる男性陣を潰すべくそれなりに飲んでいたはずの西園寺は、それでもやはり手強《てごわ》かった。

酒が回りすぎないよう腹に食べ物を入れておき、かつ飲み会のお供なウコンエキスで胃の粘膜をコーティングして挑んだ僕は酔いが回ってきているのに、西園寺の顔はうっすらと赤らんではいるものの、まだまだといった様子だ。

「どうしたんだい？　けっこうきてそうじゃないか。ボクはまだまだいけるよ？」

高い酒は味わって飲むべきだと西園寺が強硬に主張したこともあり、酒の消費速度は緩やかだ。先ほどは西園寺を乗せるためにわざと早めに酒を消化したが、そんなこと何度もやっていたら身体が持たないので、ありがたくはある。

しかし同時に、西園寺にも余裕を与えることになっているので、これが僕にとってプラスなのかはわからない。

西園寺はまだ余力を残しているようにも見えるが、効いているものと信じたいところだ。

「しかしまた、なんでこんなことをおっぱじめたんだい？　こんな人目のある場所で目立ったことをするのは君の流儀じゃないと思ったけれど。そんなことしてまでボクに恥を掻かせて何がしたいのさ」

僕が空にしたグラスに日本酒を注ぎながら恨めしげな表情で西園寺が問うてくる。

西園寺のグラスに返杯しながら、僕は素知らぬ顔で答えた。

別に大した話じゃない。今が西園寺に借りを返す絶好の機会だと思ったまでだ。なにしろ、出会ってからこの方酒の席で嫌と言うほど酷《ひど》い目に遭わされているのだ。ここいらでへこませてマウントを取りに行くのも悪くないという政治的判断である。

「政治的判断て……。そもそも対等な条件で飲んでない時点でマウントなんて取りようがないと思うけど……」

勝てばいいんだよ勝てば。お前をぎゃふんと言わせられればそれでいいのだ。早いところ酒に溺れて醜態をさらすがいい。

「いったい何なんだ……。まあいい。さっさと君をわからせて落とし前をつけさせるとしよう。そういえば卯月《うづき》社長が君を女装させようと企てていたな。あの人に売り渡したらどれだけの報酬が手に入るか」

マジかよ、あの人なんてこと企ててやがる……!?　……ふん、まあいい。むしろ後がなくなって気合いが入るというものである。それに、必勝を期してこれだけのお膳立てをしているのだ。これで負けるなら潔く女装でも何でもしてやろうじゃないか。

「言ったね？　これはますます負けられなくなったな」

にんまりと笑みを浮かべた西園寺は、早くもグラスを乾《ほ》して僕に酒を催促してくる。買ってきた日本酒が美味《うま》いからか、あれだけもったいないだとか言っておきながらいつもよりペースが速い。

西園寺のグラスに酒を注いでから、僕もグラスの酒を飲み干して返杯を受ける。

「しっかし、こんな馬鹿みたいなことやってると、やはり初めて君の部屋で飲んだときのことが思い出されるね」

ああ、ありゃあとんでもない目に遭った。あの時は自分の限界がわからないまま飲んだから、加減が効かなかった。おかげで今はどこまで飲んでも大丈夫かだいたいわかるようになったけど。

「君が倒れないように面倒を見たのはボクなんだから、感謝してほしいのだけどね」

そもそもの元凶が西園寺なんだよなあ。

僕の突っ込みをスルーして、西園寺はつまみの乾き物を口に放り込む。

「それから、ナツと出会って、シノにバイトを紹介してもらって。正直こんなに楽しくなるとは思わなかったよ。今が人生の絶頂ってやつさ」

それは大袈裟《おおげさ》というものだ。僕らが連《つる》み始めてまだ一ヶ月かそこらなのである。そんな短い期間でそんなことわかるものか。

「いいや、断言できるね。過去を振り返っても間違いなく今が一番だ。だから、そのきっかけをくれた君には本当に感謝してるし、ボクは今を壊したくない」

いい感じの酩酊感《めいていかん》にやられて投げやりに返した僕の言葉に、西園寺はグラスの中の酒を見つめながら、大真面目に言った。

「今サークルで隙を見せれば、高校の時みたいに人間関係がこじれてしまうかもしれない。もしかしたら中学の時みたいに余計に傷つくことになるかもしれない」

それは恐《こわ》いよ、と西園寺はささやくように言った。いつだって酒を飲めばご機嫌な西園寺が、今はやけに弱々しい。

……、……、……。

僕はグラスに残っていた酒を飲み干した。視界がちょっとぼやけてきて、酩酊感で思考も定まらない。それでも、目の前の馬鹿野郎の背中をどつき倒すという一心で僕は口を開く。

「……そんなに恐いなら、サークルなんて辞めればいいじゃないか。北条や東雲と一緒にいるだけならこのサークルに残る必要なんてないのだ。

「それは、その……。ボクが辞めても君がサークルに残るなら関係が完全に切れることはないだろうし、才藤さんと友達のシノに余計な心配をかけるかもしれないから」

そんなのは言い訳にもなっていない。

結局西園寺は、この文芸サークルに未練があるのだ。今まで手に入れることのできなかったモノ《友達》を手に入れてそれでもう十分だと思いながら、もっと手を広げられるんじゃないかとさらに欲が出ている。

なんていうか……。うまく比喩が出てこないな……。

そう、パチンコでちょい勝ちしているときに、欲張って遊戯を続行しようとしているのが今のお前だ。

「ここに来て最悪な喩《たと》えが出たな……！　それは止めていいじゃないか。というか、前にナツがそれで大爆死してただろう？」

確かに北条のやつは爆死して出玉を得ることもできず諭吉を失ったが、お前が今やらかしたところで未来の友達は失っても、今の友達を失うことはないのだ。

なにかしらでもめてサークルに居場所がなくなっても、北条も東雲もいなくなるわけじゃないだろう。それに僕も。

自分の欲望にぐらい忠実になってみろよ。ちょっとハメを外してやらかしてもケツぐらいは拭いてやるから。……それが、友達だろうが。

僕の言葉に、言い返しもせずじっと押し黙っている西園寺。自分が話していることも理解できないぐらい頭が働いていなかったので、もしかして日本語を正しく発することができていなかったのだろうかと心配していると、西園寺は大袈裟にため息を吐いた。

「……まったく。せっかくいい感じの話なのに、パチンコで爆死だとか、女の子に向かってケツを拭くとか、相変わらず雰囲気をぶち壊しにかかるね、君は」

残念ながらこれは性分だ。こんな小っ恥ずかしい話をシリアスに話していたら心を壊してしまう。

「ああ、そうかい」

やけっぱちになったのか、西園寺はグラスに残った酒を飲み干した。半分ぐらい入っていたはずだが、それを一息とは。どうやらもうひと頑張りしなければならないらしい。

僕も半ばやけになって空いたグラスに酒を注ぐために酒瓶を傾けようとしたとき、脇から伸びてきた手に腕を掴《つか》まれた。

「もう限界だろう？　そろそろ止めとけよ」

視線で掴まれた手をたどっていくと、新垣先輩がテーブル横に立っている。

しかし、まだ西園寺は……。

「そんなふらふらなのにさらに飲んだらマジでぶっ倒れるわ。それに、もう飲まなくても問題ねえよ。今日のところはダブルノックアウトだ」

新垣先輩の言葉を受けて正面に視線を向けると、西園寺がグラスを握りしめたままうつむいていた。隣には才藤さんが立っていて、気遣わしげに西園寺の肩に手を置いている。

「西園寺さん、大丈夫？　流石《さすが》に飲みすぎだよ」

自分の言葉に反応しない西園寺に、才藤さんはちょっと焦った様子で顔を覗《のぞ》き込もうとする。

と、そこで。

「ふ、ふふ、ふふふふ」

西園寺は顔をうつむかせたまま静かに笑い声を漏らすと、傍《かたわ》らの才藤さんの腰に手を回して彼女を抱き寄せる。

「きゃっ⁉」

座ったままの西園寺に引き寄せられた才藤さんは、体勢を崩してテーブルに手をつく。

「……前から思っていたけど、才藤さんの身体っていい感じに肉がついていてエッチだよね」

西園寺は顔を上げると、ちょうど正面にさらけ出された才藤さんの身体を熱の籠もった目でねっとりと眺め始めた。

「ちょ、ちょっと、西園寺さん……⁉」

「ふふふふふ。ちこう寄れちこう寄れ」

急にセクハラ親父《おやじ》と化した西園寺に慌てる才藤さんと、手つきがいやら……怪しくなる西園寺。

「ああ、ありゃあ才藤だけじゃ無理だな……。キャバクラの酔っ払いよりたちが悪い。おおい、ちょっと西園寺を介抱してやってくれ」

新垣先輩の呼びかけに応じて遠巻きに観戦していたサークル部員がわらわらと寄ってく

る。

「西園寺さん、大丈夫なんですか？」

「ぶっ倒れはしねえよ。それより、今ならいつも素っ気ない西園寺と絡み放題だぜ」

「わあ、ホントですか？　逃げられたりしません？」

「大丈夫大丈夫。むしろ変に絡まれないように気をつけろよ」

新垣先輩のお墨付きを得て、一年女子を中心としたサークル部員が大喜びで西園寺を囲んで騒ぎ始める。

なるほど。才藤さんは西園寺のことを人に懐かない小動物みたいに扱っていたが、それは他の面々も同じであるらしい。

普段ならびびって逃げ出す西園寺も今は絶好調なようで、しかも女子の割合が多いためか、機嫌はますます良くなっている。あの様子なら悪いことにはなるまい。せいぜいいつもの自分をさらけ出して醜態をさらすがいい。

「なんだ、お前は休むのか？」

ひっそりと席を立った僕に、新垣先輩が声をかけてくる。

今日は馬鹿みたいに飲みすぎた。目的も達成できたので、自分で動けるうちに布団に飛び込むつもりなのである。新垣先輩には申し訳ないが、やりすぎないように監視だけしていただければ。

「そうかい。まあ、面白い余興も見られたし、それぐらいのアフターケアは請け負ってやるよ」

ひらひらと手を振る新垣先輩に軽く頭を下げて、僕は合宿所の建物に向かう。着替えたり歯を磨いたりなんて悠長なことはやっていられなそうだ。

幸い、目の前の広間に布団が並べられている。僕は縁側から広間に入り、空いている布団を探し出すとそこに倒れるようにして入り込む。これで僕もゾンビの仲間入りだ。

布団を被る間もなく訪れた眠気に抗《あらが》うことなく、僕は意識を落とした。

＊

「いやあ、せっかく先輩様が心温まる経験談を語ってやった後に出てきた言葉が金を貸せだったときはおったまげたが、なんだかんだ上手《うま》くいったんじゃないか？」

僕の目の前でコンビニの二郎風ラーメンを冷ましながら、新垣先輩は楽しそうに笑っている。二日酔いに苦しむ後輩の目の前でとんでもない暴挙だ。

臭いを嗅ぐだけで胃から何かがせり上がってくる感覚があるが、これまたコンビニで買ってきたしじみの味噌汁《みそしる》を飲んで無理矢理《むりやり》押し戻した。

「……んぐ。しっかし西園寺のやつも大分はじけたなあ。寄ってきた女にセクハラするわ、男には口に酒瓶突っ込もうとするわで大騒ぎだったぜ。あんなザマで大丈夫かちょっと心配だったが、なんだかんだ普段のクールでつれない感じよりも親しみが持てるってことでいい感じに収まったみたいだな」

新垣先輩が箸で示す方を見れば、広間の一角で女性陣が西園寺を囲みながら朝食を取っている。西園寺も二日酔いなのか僕と同じく顔をしかめながら味噌汁をすすっているが、話しかけられるのはまんざらでもないらしく、笑みを浮かべて答えている。笑顔がぎこちなく見えるのはご愛敬《あいきょう》だろう。

新垣先輩には礼を言わなければならない。先輩の助言のおかげで、ひとつ面倒が片付いた。

「いいってことよ。後輩の面倒をみるのも先輩の仕事の内さ。これで西園寺もサークルに馴染《なじ》んでいくだろうし、後はお前だけだな。お前もあんな感じで醜態を晒《さら》してみようぜ」

にやにやと笑いながら新垣先輩が提案してくるが、西園寺と僕とでは事情が違う。西園寺は人の交流に尻込みして壁を作っていたからそれを壊せばよかっただけだ。それに対して僕の場合は壁を作っているわけではない。ただ、面倒くさいことが嫌いなだけなのだ。

「そうかい。確かにお前の方が人付き合いを面倒くさがってちゃどうしようもないわな。けど、お前もなんだかんだ弱みを見せたがらないし、同じ要領でいけそうだと思うんだがなあ」

そういうことなら、弱みと言っていいかはわからないが、この後のイベントで親しみは出せるかもしれない。

「お、なんか面白いこと考えてんのか？　この後っていうと……」

＊

「はーい、皆さんお疲れ様でした！　三泊四日の合宿も、本日が最終日です！　順調に執筆を進められた人も、叩かれすぎてぼこぼこにへこまされた人も、得るものは多かったんじゃないかと思います。後は今日得たものを糧にして、部誌の締め切りまで頑張っていきましょう！　さて前口上はこのぐらいにして、それでは合宿最後のイベント、オークションを開催します‼」

御上先輩の口上に、広間に集まったサークル部員はやんややんやとはやし立てる。

しおりに記載された予定にオークションを発見した時は、意味がわからず首を捻《ひね》ったものだが、これにもちゃんと理由があるらしい。

部誌の発行にも、今回の合宿のような活動にも当然金がかかっている。大学から支給される補助だけでは当然回らないので、サークル部員から部費を徴収することになるのだがこれがけっこう痛い出費になるのだ。

そんな皆の懐事情を改善するために過去に発案されたのがこのオークションである。

サークル部員たちが合宿の際に自分の家から不要なものを持ち寄り、オークションにかける。そして、落札されたものは当然落札者に手渡されるが、落札金はサークルの会計に回されるという寸法だ。

結局サークル部員の懐から徴収してるじゃないかと思うのだが、強制徴収と自主的に出費するのとでは全然違うという理論らしい。しかも、出品されたものはどんないらないゴミであろうとも誰かが落札しないとオークションが終わらないという無茶苦茶《むちゃくちゃ》な仕様である。

ほとんど詐欺に近いと思うのだが、出品されるとんでも商品とそれをあえて購入する俠気《きょうき》によりなんだかんだと盛り上がるのだとか。

西園寺は女性陣と固まっていたので、僕は隅っこの方でひとりオークションを眺めていた。先程まで一緒にいた新垣先輩は、皆の中心で煽《あお》ったり囃《はや》し立てたりして場を盛り上げている。相変わらず人を転がすのが上手な人だ。

僕が密《ひそ》かに感心しながら新垣先輩の勇姿を眺めていると、視界の端でこちらに視線を向けてくる者がひとり。

皆が正面で声を張り上げている御上先輩に視線を向ける中、最後尾の端にいる僕の方をちらちら振り返るものだから、やたらと目に付いてしまう。

これで僕のことを見ているわけではなかったら自意識過剰な自分への羞恥で死にたくなるが、その人物が西園寺であるからほぼ間違いないだろう。

大方、自分が女子部員の輪に入ってしまったせいで僕がぼっちしていることを気にでもしているのだと思われるが、そうであるならいらぬお世話だ。

せっかく僕が二日酔いになってまで今の状況を作ったのだから、素直に楽しめと言いたい。

西園寺の後ろ姿を見ていると、すぐに振り向いたやつと目が合う。ちょっと驚いた様子の西園寺に向かってしっしっと追い払うように手を振ると、こちらの意図を察したのか申し訳なさそうな顔をして正面に顔を戻した。

まったく、普段からああやって殊勝な態度をしていれば可愛《かわい》げもあるというのに。

僕は密かに苦笑しつつ意識をオークションに戻す。

……しかしまあ。

このオークション、先程からろくなものが出品されていない。

未使用のタオルセットとか、コンビニのくじでダブったアニメグッズとかはまあいい。サークルからの出品と称して昨日の飲み会で残ったつまみや酒を出すのもまあ許せる。

だが、使いかけのポケットティッシュとか、間違って二冊買ってしまったシリーズものマンガの途中の一冊だけとか、微妙にいらないものが出てくると途端に会場から出品者への罵声が飛び交うのである。

最終的に我が身を犠牲にしてくれた人がそれを購入するハメになっているのだが、時にはゴミみたいな商品を出品した人が周囲の圧により別のゴミを落札させられたりもしていた。

僕も参加の姿勢を見せるためだけに、その辺に落ちていた誰かの忘れ物らしきサインペンを落札した。こいつはおそらくかばんの奥底に封印されることになるだろう。

「いやあ、今年のオークションも盛り下がっておりますね！　さて、次の出品者は……」

進行を務めていた御上先輩に名前を呼ばれて僕は皆の前に立った。ゴミみたいな商品の出品が連続して、会場の雰囲気はいい感じに盛り下がっている。この雰囲気をあえて作っているのだとしたら、御上先輩は大したエンターテイナーだ。

「ここまで買う気の起きないものを摑《つか》まされてきた皆さんに朗報です！　彼が持ち込んだ商品は、一部の方々にとって一番の目玉となるでしょう！　出品される商品は、こちらです！」

あえて商品名を語らず御上先輩が取り上げたものを見て、一部の者はどよめき、また一部の者は思わずといった風に声を上げた。

「出品物は、AV女優、申川《さるかわ》ふたばさんのデビュー作！　それもご本人のサイン付きです！」

「うおおお⁉　マジかよ！」

「とんでもねえもんぶち込んできやがった！」

「最近デビューした人気女優じゃねえか！　サイン会やってたなんて聞いたことないぞ⁉」

「うわあ」

「さいてー」

僕の予想通り男性陣は大いに盛り上がり、女子たちからは冷たい視線を浴びる。西園寺は呆《あき》れた表情をしており、新垣先輩は腹を抱えて大笑いしていた。

このリアクションだけでも出品した甲斐《かい》があったというものだ。僕はもう見る機会のないであろうAVを処理できて、さらにサークルの男子から一目置かれることもできる。女子の厳しい視線はまあ、必要経費というやつだ。

「それでは、出品者への質問へ移ります！　それではまず……お？　才藤さん、どうぞ」

「質問じゃないけど、この場にそんなもの持ってくるのはどうなのよ。男だけの場でやってくんない？」

それはサークルに貢献するためということで勘弁してほしい。それと、クレームは僕にこれを渡してきた東雲に出してもらえれば。

「ふ、冬実から……？」

なにやらすごく複雑そうな顔で黙ってしまった才藤さんを余所《よそ》に、御上先輩は他の質問者を促す。

「そのサインは本物か？　本物だったら出所も教えてほしいんだが」

このAVはそもそも中川嬢本人が、お世話になった人たちに配ったものであるらしい。出品するにあたり東雲経由で許可を取ったところ即了承され、なんだったらもっと送るとまで言われたのだが流石《さすが》にそれは遠慮した。

ただで配っても売り上げにつながらないし、どうしてああも積極的だったのかはわからないが、もしかしたら固定ファンを作るための販促戦略の一環なのかもしれない。

「はい！　そのＡＶの魅力を教えてください！」

佐川君からの元気のよろしい質問に、僕はしばし考える。正直、ＡＶというものに詳しくない僕にはまっとうな解説は難しい。魅力と言われても何をどうアピールすればいいのかわからないのだ。

「まったく、しょうがないな君は」

黙った僕を見かねて西園寺が立ち上がる。

そうか。僕なんかより西園寺の方が余程詳しくＡＶの魅力を語れるだろう。実際一緒に見たときもめっちゃ解説入れていたし。

僕に代わってＡＶの魅力を熱く語った西園寺は、女子にちょっと引かれつつも男性陣からの熱狂的な支持を受けた。出品されたＡＶは解説の効果もあってか高値で捌《さば》けたし、これだけでも西園寺の背中を押してやった甲斐があるというものだ。

……その後、おいしいところを西園寺にかっさらわれたせいで僕の評価がたいして変わらなかったことに気がついたのは、家に帰り着いた後だった。

エピローグ

「やあ」

合宿も無事に終了して早数日。

案の定部屋を散らかしていた北条《ほうじょう》と東雲《しののめ》を追い出して片付けをし、一息ついた僕は合宿の疲れを癒やすべくひとりぐうたら生活に突入していたのだが、そんな僕の部屋に西園《さいおん》寺《じ》が訪ねてきた。

扉の前に立つ西園寺が抱えた酒瓶を見て、僕は思わず嫌な顔をする。合宿で嫌というほど飲んだので、しばらく酒は見たくないと思っていたところだったというのに。そもそも、合宿の時に買った日本酒の一升瓶の中身がまだまだたくさん残っているのだ。

「そんな顔しないでもいいじゃないか。こいつはボクと君が初めて一緒に飲んだときの思い出の品だよ？」

なるほど、確かによく見れば覚えのある銘柄だ。

「酒屋を覗《のぞ》いたら奇跡的に置いてあってね。限定品だというのにありがたいことだよ」

そう言いながら勝手知ったるという感じで通路の僕をすり抜けて部屋に入っていく西園

寺。

相変わらずこちらの都合などお構いなしに酒を飲みに来たのだろう。

ため息を吐《つ》いてから僕が部屋に戻ると、西園寺は既にテーブルの上を片付けつまみを広げて準備をしている。

「ほら、早くグラスを出しておくれよ。君も飲むだろう？」

普通なら飲まない、と切って捨てるところだが、美味《うま》い酒を持ち込まれてはそうはいかない。

しかし、この前みたいなのはしばらくこりごりだ。少し分け前があればそれで十分である。

「ふふふ。そんなこと言いながら、なんだかんだがっつり飲むことになるだろうさ。こいつの味はよく知っているだろう？」

その酒が美味いことは認めるが、僕の肝臓さんは西園寺の肝臓さんと違って人並みの処理能力しかない。先日あれだけ飲んだばかりなので労《ねぎら》ってやらねばならないのである。

「はいはい」

僕の主張を適当に流してソファーに座る西園寺。僕はまたため息を吐いて西園寺からミニテーブルを挟んだ正面に座ろうとする。

「ちょっと」

西園寺に止められ、僕は不審な目を向ける。

「今日は、こっちに」

西園寺は自分の隣をぽんぽんと叩《たた》く。どうやらそこに座れということらしいが、隣同士になったらしゃべりづらいだろうに。

「まあまあ、いいじゃないか。さあほら、早く。酒はボクの金で買ってきたんだから、出資者の言う通りにしたまえよ」

頑《かたく》なに主張する西園寺に僕はもう一度ため息を吐いてソファーの隣に座った。

「うんうん。さあグラスを持って」

言われるがままにグラスを持つと、西園寺は買ってきた酒を開栓して僕のグラスに注いだ。

僕はいつも通りなはずの西園寺の行動に違和感を感じ首を捻《ひね》りつつも、西園寺のグラスに酒を注ぎ返してやる。

「ふふふ、それじゃあ乾杯」

グラスを合わせた僕たちは、それぞれ酒に口をつけた。相変わらず飲みやすい酒だ。それと同時に、かつてこれを飲んだときにはよくわからなかった味が今は少しわかる気がする。なんだかんだ僕も多少は酒の味がわかるようになったかと感慨に浸りつつ、ちびちび酒とつまみを消化していく。

……で、今日はいったいどうしたんだ？

「どうしたんだって？」

僕の端的な問いに西園寺は首を傾《かし》げながら問い返してくる。

それはもちろん本日の西園寺の不審な行動についてだ。今日の西園寺は謎の甲斐甲斐《かいがい》しさを発揮して、僕が欲しいつまみを引き寄せたり、グラスに和らぎ水を注いで渡してきたりするので非常に居心地が悪かった。

いったいどういう趣向なのかと問い詰める僕に、西園寺は肩をすくめる。

「そりゃあ合宿の時の礼だよ。あの時はなんで急に勝負が始まったのかわからなかったけど、要するに君がお節介をしてくれたわけだろ？」

ああ、そういうことか。別にお節介をするつもりで仕掛けたわけじゃない。状況的に、どう転んでも都合のいい方向に転がりそうだっただけだ。勝負としては引き分けたが、西園寺の醜態を晒《さら》すという目的は達成できたので実質勝ちだと思っている。

「相変わらず妙なところで捻くれてるというか……。普段ならここで潰してわからせてやるところだけど、今回は負けにしておくよ」

苦笑しながら負けを認めた西園寺は酒瓶を手に取ると、僕の空いたグラスに酒を注ぎ入れる。横から酒を注ごうとしているからか西園寺が僕の方に寄ってくる形になって、密着した部分から体温を感じたりとか、鼻先をくすぐる髪から香る甘い匂いだとかを感じて実に落ち着かない。普段からこういうことは無《な》きにしも非《あら》ずなのだが、場の雰囲気がそう感じさせるのだろうか。

酒を注いだ西園寺が顔を上げると、鼻と鼻がくっつきそうな距離で目が合う。酒が入って赤らんだ顔と潤んだ瞳。

「ありがとう。ボクの背中を押してくれて。君に会えて本当によかった」

いつものようにもったいぶったような言い回しではなく、まっすぐ、ささやくように紡がれた言葉。やさしく柔らかな微笑《ほほえ》みは、いつも馬鹿をやっている西園寺がひとりの女の子であることを思い出させる。

僕は、西園寺のそのまま吸い込まれそうな笑みから顔を引き剝がしてグラスの中身に視線を向けた。隣にいる西園寺が苦笑する声が聞こえる。

「まったく、保身に長《た》けた君の性格は、やはり長所より欠点の方が大きそうだ」

欠点とは失敬なやつだ。僕はこの性格だからこそ今までのらりくらりとやってこられたのである。……いや、この性格だからこそ部屋に西園寺たちがたむろしているのならやは

り欠点だろうか？

「それこそ失敬だよ。普段から女を何人も侍《はべ》らせて、今はお酌もさせているんだから」

お前ら侍るどころか好き勝手してるだけだし、お酌も勝手にやってるだけじゃねえか……。

「まったく、ああ言えばこう言うんだから。まあいい、今日の酒は特別だからね。美味い酒があれば世はすべてこともなしだ」

こいつ……。

結局西園寺は、美味い酒が飲めればなんでもいいらしい。

「いいや。それが最近は、美味い酒だけじゃ満足できなくてね。ただ飲んでいるだけじゃ味気なくて困ってるんだ」

なんだ。ついに酒の味だけじゃなくて肴《さかな》にもこだわりだしたのか。ただでさえ酒代がえらいことになっているというのに、つまみにまでお金をかけていたら学生の財布なんてすぐにスッカラカンだろうに。

「違うよ。いや、酒の肴が美味いに越したことはないけれどそうじゃない。美味い酒を飲むときは、特別な相手と一緒に飲んだらもっと美味いし楽しいって気付いたのさ。だから、ほら」

そう言って西園寺は自分のグラスをずいっと差し出してくるので、仕方なくそれに酒を注いでやる。今日のところは仕方がない。諦めて肝臓さんの努力に期待するとしよう。

僕が手に持ったグラスを掲げると、西園寺もうれしそうに自分のグラスを掲げる。何か気の利いた言葉で乾杯したいが、酒の入った頭でそんな文句が出てくるはずもなく。

チン、と小気味よく鳴り響くガラスの音と共に、思いついた言葉を口に出す。

とりあえず、美味い酒に。

「じゃあボクは、大切な友達に」

乾杯。

あとがき

本作を手に取っていただいた皆様、ありがとうございます。作者の萬屋《よろずや》久兵衛です。

この小説のテーマである『依存』という言葉は、ウェブに投稿し始めた当初は酒、たばこ、ギャンブルのような大学生が手を出しがちな物に対して使われる言葉でした。

それが編集様の提案でジャンルが現代日常物からラブコメになったことで萬屋が想定していなかった人に対しての『依存』という意味も持つようになり、それが改稿や書き下ろし部分に反映されております。

まさか十秒ぐらいで適当に考えたタイトルに入った言葉が小説の方向性すら変えてしまうとは、世の中何があるかわかりません。

というかそもそも、皆様に本作をラブコメと認識していただけるかも心配です。なにせワタクシ、ラブコメとして売り出したいという編集様の提案に軽率に頷《うなず》いておきながらラブコメに関しては見識のない門外漢。

お絵描き Vtuber 絵葉ましろ先生の可愛《かわい》らしくも魅力的なヒロインたちのイラストの

お陰でそれらしい体裁は保たれておりますが、未知のジャンルに作者が転げ回りながら執筆した本作が、ラブコメを読みたくて本書を手に取っていただいた方々にきちんとラブコメとして楽しんでいただけることを願うばかりです。

最後に、本作に関わっていただいた方々、本作を手に取っていただいた皆様に改めて感謝をしつつ、奇跡的に次巻が出て再度お目にかかれることを願っております。

萬屋久兵衛

依存《いぞん》したがる彼女《かのじょ》は僕《ぼく》の部屋《へや》に入《い》り浸《びた》る

著　萬屋久兵衛《よろずやきゅうべえ》

角川スニーカー文庫　23755

2023年11月１日　初版発行

発行者　山下直久

発　行　株式会社KADOKAWA
〒102-8177 東京都千代田区富士見2-13-3
電話　0570-002-301（ナビダイヤル）

印刷所　株式会社暁印刷

製本所　本間製本株式会社

●お問い合わせ
https://www.kadokawa.co.jp/（「お問い合わせ」へお進みください）
※内容によっては、お答えできない場合があります。
※サポートは日本国内のみとさせていただきます。
※Japanese text only

Printed in Japan　ISBN 978-4-04-113969-1　C0193

★ご意見、ご感想をお送りください★

〒102-8177 東京都千代田区富士見 2-13-3
株式会社KADOKAWA　角川スニーカー文庫編集部気付
「萬屋久兵衛」先生「絵葉ましろ」先生

角川文庫発刊に際して

角川源義

第二次世界大戦の敗北は、軍事力の敗北であった以上に、私たちの若い文化力の敗退であった。私たちの文化が戦争に対して如何に無力であり、単なるあだ花に過ぎなかったかを、私たちは身を以て体験し痛感した。西洋近代文化の摂取にとって、明治以後八十年の歳月は決して短かすぎたとは言えない。にもかかわらず、近代文化の伝統を確立し、自由な批判と柔軟な良識に富む文化層として自らを形成することに私たちは失敗して来た。そしてこれは、各層への文化の普及滲透を任務とする出版人の責任でもあった。

一九四五年以来、私たちは再び振出しに戻り、第一歩から踏み出すことを余儀なくされた。これは大きな不幸ではあるが、反面、これまでの混沌・未熟・歪曲の中にあった我が国の文化に秩序と確たる基礎を齎らすためには絶好の機会でもある。角川書店は、このような祖国の文化的危機にあたり、微力をも顧みず再建の礎石たるべき抱負と決意とをもって出発したが、ここに創立以来の念願を果すべく角川文庫を発刊する。これまで刊行されたあらゆる全集叢書文庫類の長所と短所とを検討し、古今東西の不朽の典籍を、良心的編集のもとに、廉価に、そして書架にふさわしい美本として、多くのひとびとに提供しようとする。しかし私たちは徒らに百科全書的な知識のジレッタントを作ることを目的とせず、あくまで祖国の文化に秩序と再建への道を示し、この文庫を角川書店の栄ある事業として、今後永久に継続発展せしめ、学芸と教養との殿堂として大成せんことを期したい。多くの読書子の愛情ある忠言と支持とによって、この希望と抱負とを完遂せしめられんことを願う。

一九四九年五月三日

時々ボ
ロシア語でデレる
隣のアーリャさん
Милашка❤
燦々SUN
イラスト ももこ
story by sun sun sun
illustration by momoco
ただし、彼女は俺が
ロシア語わかる
ことを知らない。
特設
サイトは
▼こちら!▼
スニーカー文庫

「私は脇役だからさ」と言って笑う
そんなキミが1番かわいい。
クラスで2番目に可愛い女の子と友だちになった
たかた [イラスト]日向あずり
第6回
カクヨム
Web小説コンテスト
特別賞
ラブコメ部門
『クラスで2番目に可愛い』と噂の朝凪さん。No.1人気の天海さんにも頼られるしっかり者の彼女は……金曜日の放課後だけ、俺の家に遊びに来る。本当は無邪気で甘えたがり。素顔で過ごす、二人だけの時間。

スニーカー文庫

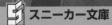

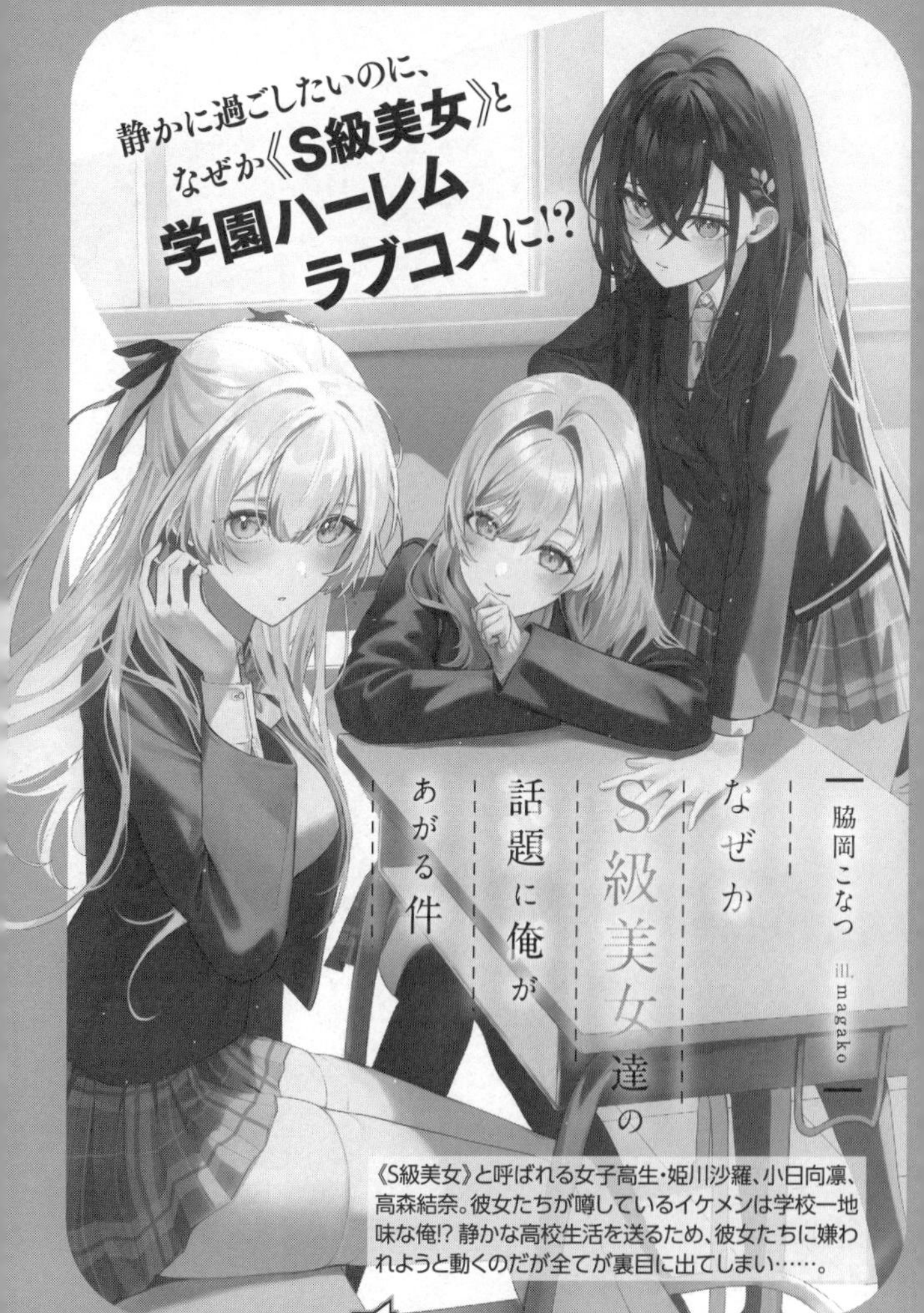
静かに過ごしたいのに、
なぜか《S級美女》と
学園ハーレム
ラブコメに!?
なぜか
S級美女達の
話題に俺が
あがる件
脇岡こなつ
ill. magako
《S級美女》と呼ばれる女子高生・姫川沙羅、小日向凛、高森結奈。彼女たちが噂しているイケメンは学校一地味な俺!? 静かな高校生活を送るため、彼女たちに嫌われようと動くのだが全てが裏目に出てしまい……。

スニーカー文庫

きみの紡ぐ物語で
世界を変えよう。
第30回
スニーカー大賞
作品募集中!
大賞 300万円
+コミカライズ確約
金賞 100万円
銀賞 50万円
特別賞 10万円
締切必達!
前期締切
2024年3月末日
後期締切
2024年9月末日
詳細は
ザスニWEBへ
https://kdq.jp/s-award
イラスト/カカオ・ランタン